KB078049

스킬스
SKILLS

스킬스 5

류화수 퓨전 판타지 소설

초판 1쇄 찍은 날 § 2015년 11월 16일
초판 1쇄 펴낸 날 § 2015년 11월 23일

지은이 § 류화수
펴낸이 § 서경석

편집책임 § 고승진

펴낸곳 § 도서출판 청어람
등록번호 § 제387-1999-000006호
등록일자 § 1999. 5. 31
어람번호 § 제1-2287호

주소 § 경기도 부천시 원미구 부일로 483번길 40 서경B/D 3F (우) 14640
전화 § 032-656-4452 팩스 § 032-656-4453
http://www.chungeoram.com
E-mail § chungeorambook@daum.net

ⓒ 류화수, 2015

ISBN 979-11-04-90515-5 04810
ISBN 979-11-04-90413-4 (세트)

류화수 퓨전 판타지 소설

FUSION FANTASTIC STORY

스킬스 ⟨5⟩

SKILLS

SKILLS

CONTENTS

Chapter 1

안정화되다

아드몬드가 떠난 지 이틀 만에 그가 남긴 서신을 발견했지만, 우리는 그를 붙잡을 수가 없었다.

카인트 공작은 미칠 듯이 아쉬워했지만 그의 선택을 존중했다.

아드몬드가 떠나면서 악마의 탑에 입장하는 팀원에 공석이 생겨 버렸다.

누가 먼저 말하기가 그런 상황이어서 아무도 카인트 공작에게 공석이 되어버린 자리를 채워야 한다고 말하지는 못했다.

하지만 카인트 공작이 먼저 새로운 멤버를 영입하기 위해

발 벗고 나섰다.

자신의 아들의 선택으로 인해 생긴 문제니 자신이 해결하려고 하는 것이다.

왕국에 있는 기사 중에는 실력이 뛰어난 사람들이 많다. 부기사단장만 해도 아드몬드와 비등한 육체적인 능력을 가지고 있었고, 많은 기사가 우리와 함께하기를 원했다.

하지만 아드몬드만큼의 경험을 가지고 있는 기사는 없다.

1층부터 7층까지를 경험해 본 사람은 우리와 아드몬드뿐이라 다른 기사들을 지옥의 입구에 데리고 들어갈 수가 없었다.

딱 한 사람을 제외하고는 말이다.

"스승님! 정말 악마의 탑에 들어가실 생각이세요?"

"그럼. 정체된 내 능력을 상승시키기 위해서는 악마의 탑이 제격이지. 너만 하더라도 악마의 탑의 경험을 자양분 삼아 보라색의 고리를 가지게 되지 않았느냐. 나라고 못 할 것은 없지. 그리고 나도 악마의 탑에서 기운을 흡수하고 싶구나."

악마의 탑에서 있었던 모든 일을 스승님에게 공유한 것이 잘못이었다.

악마의 탑에서 기운을 흡수하는 것이 공동묘지나 도살장에서 기운을 흡수하는 것보다 몇 배는 더 뛰어난 효율이 있다는 것을 기억하고 있었던 스승님은 카인트 공작에게 직접 찾아가 같이 가기를 요청했다.

공석이 된 자리를 누구로 채워야 될지 고민을 하고 있던 카인트 공작에게 스승님의 그런 요청은 희소식이었다.

나보다 나이가 어린 사람을 데리고 가고 싶었는데. 이러면 내가 모셔야 할 사람이 한 명 더 늘잖아. 아드몬드가 편한데. 옛날에는 나를 못 잡아먹어서 안달이었지만 요즘 들어서는 성격도 좋아졌는데 아쉽네.

하! 스승님을 악마의 탑에서까지 보필해야 한다는 생각을 하니 벌써부터 머리가 아파오네.

스승님이 고리의 기운과 문양을 자유자재로 사용할 수 있다고는 하지만, 악마의 탑에 대한 경험은 전무했기에 우리는 스승님을 데리고 악마의 탑 1층부터 차근차근 밟아 올라갔다.

스승님은 저층의 몬스터들은 혼자 쓸어버릴 정도의 능력을 가지고 있었는데 내가 지급해 준 아이템 덕분에 한층 더 강해졌다.

퍼플 티를 복용한 카인트 공작과 비교해도 빠지지 않는 실력이었다.

스승님은 하루에도 몇 번이나 악마의 탑으로 들어가자고 아우성이었지만 나는 악마의 탑에 대한 것 말고도 할 일이 태산이었기에 그럴 수가 없었다.

"고얀 놈! 내가 너를 어떻게 가르쳤는데."

스승님은 내가 자신을 따라 악마의 탑에 들어갈 수 없게 되자, 기사들을 꾀어 악마의 탑에 들어가 수련을 했다.

기사들에게도 경험을 쌓을 수 있는 좋은 기회였기에 스승님을 말리는 이는 아무도 없었다.

확실히 강해지긴 했단 말이야.

하루가 다르게 몬스터에 익숙해지는 건 물론이고, 고리의 기운도 이전보다 강해지셨어.

확실히 악마의 탑이 고리의 기운을 강화시키는 데는 도움이 된단 말이야.

스승님이 기사들과 함께 악마의 탑에 들어가기 시작하자 나는 여유가 생겼다.

하지만 여유를 즐길 시간은 없었고, 나는 연구소를 찾아갔다.

연구소는 새로운 마법사들을 대거 영입했고, 한 달에도 몇 개나 되는 새로운 결과물을 만들어 내었다.

그리고 오늘 내가 가장 관심을 가지는 연구물에 대한 실험이 예정되어 있다.

연구소의 한편에 마련된 실험실로 들어가자 나를 기다리고 있었던 연구소장과 다른 연구원들이 나를 반겼다.

"어서 오시게. 이미 준비는 다 마쳤다네. 자네만 오면 바로 실험에 들어갈 수 있네."

제대로 된 인사도 하지 않고 바로 실험에 들어가려고 하는 클린튼 백작은 이번 실험에 나만큼이나 큰 관심을 가지고 있었다.

오늘의 실험 대상은 홉블린의 더듬이였다.

예전에도 알고 있었지만 홉블린은 통신 능력을 가지고 있었다.

하지만 홉블린의 통신 능력을 우리가 사용할 수 있을 거라고는 생각하지 못하고 있었는데, 연구소에서 마법사들과 대화를 하면서 가능성을 엿봤다.

홉블린은 더듬이를 통해 텔레파시를 했는데 나는 5층에 서식하는 홉블린을 찾아 더듬이를 떼어 왔다.

지금까지의 연구를 토대로 홉블린의 더듬이는 아이템이면서 살아 움직이는 생물이라는 결과를 얻었다. 하지만 홉블린에게서 떼어내면 자생 능력을 잃어버렸고, 일주일 정도의 수명만을 가지게 되었다.

연구원들은 홉블린의 통신 능력을 사용할 수 있다는 것을 확인했고, 홉블린의 수명을 늘리는 방법에 대한 연구를 진행했었다.

홉블린의 더듬이를 통한 통신에 대한 것은 아직 발견하지 못했지만 원만한 실험을 위해서라도 홉블린의 수명을 늘릴 필요가 있었다.

홉블린을 숙주로 삼아 수명을 연장하는 더듬이의 수명을 늘릴 수 있을지에 대해 연구원들은 끊임없이 생각했고, 실험했다.

동물을 숙주로 삼아보기도 했고, 식물에 더듬이를 이식해 보기도 했다.

하지만 그런 방법으로는 성공하지 못했다.

동식물에게는 몬스터처럼 마기가 없었기 때문이었다.

그래서 연구원들은 인간계에 살고 있는 몬스터들을 잡아달라고 부탁을 했고, 기사들은 많은 수의 몬스터를 살아 있는 상태로 잡아 왔다.

하지만 몬스터를 숙주로 삼는 실험도 실패였다.

마기가 남아 있긴 하지만, 악마의 탑의 몬스터에 비하면 미약한 마기였기에 더듬이가 숙주로 삼기에는 적합하지 않았다.

하지만 그 실험이 완전히 실패인 것은 아니었다. 그 실험을 통해 우리는 더듬이가 마기를 원천으로 삼아 수명을 연장한다는 것을 알게 되었고, 다른 방법을 동원했다.

바로 마기의 정수.

악마의 탑에서 가지고 나올 수 있는 아이템 중에 가장 많은 마기를 포함하고 있는 것은 마기의 정수였다.

마기의 정수에 함유되어 있는 마기를 이용하면 홉블린의 더듬이의 수명을 늘릴 수 있다고 생각했다.

그렇게 많은 연구가 다시 진행되었고, 오늘 마기의 정수를 이용해 홉블린의 수명을 늘리는 막바지 실험이 예정되어 있었다.

오랜 시간 동안 집중해서 해온 연구였기에 떨리는 손을 주체하지 못하는 연구소장은 목소리까지 떨며 말했다.

"실험을 진행해라."

이번 실험을 위해 특수 제작한 용기 안에 홉블린의 더듬이와 마기의 정수가 들어 있다.

아주 작게 만들어진 아크타르 폭탄이 시간이 지나자 폭발을 하며 마기의 정수를 부수었다.

눈으로는 볼 수 없지만 고리의 기운 덕에 마기의 흐름이 느껴졌다.

용기 안에는 많은 양의 마기가 갇혀 있었는데 홉블린의 더듬이는 생명수나 다름이 없는 마기를 흡수하기 위해 꿈틀거렸다.

더듬이는 마기를 흡수하기는 했다. 하지만 그 양이 너무 적어 겨우 며칠의 수명을 연장할 수 있을 정도였다.

소장의 얼굴색이 좋지 않았다. 마기의 흐름을 확인할 능력이 없는 그였지만, 더듬이의 움직임을 통해 실험이 성공하지 못했다는 것을 느끼고 있었다.

클린튼 백작이 한동안 침울해하겠네.

그런데 어떻게 하면 마기의 정수를 더듬이에 흡수시킬 수 있을까.

이 실험만 성공하면 이계에서 휴대폰을 사용할 수 있게 되는데.

통신 마법조차 없어진 세상이었기에 의사 교환을 하기 위해서는 직접 찾아가거나 대리인, 혹은 서신을 이용해야만 했다. 휴대폰이 있었으면 버튼 몇 번만 두드리면 되는 일이 지금의 세상에서는 너무도 복잡하고 귀찮은 방법을 동원해야만 했다.

생각을 해보자. 더듬이가 마기를 흡수하지 못하는 이유가 뭐지?

더듬이 자체의 힘이 약해서지.

처음 홉블린에게 뿌리를 내리면서 가지고 있던 힘 대부분을 사용하게 되었고, 우리가 강제로 홉블린에게서 적출했기에 체력이 많이 떨어져 마기를 흡수할 힘이 남아 있지 않게 된 거지. 그렇다고 더듬이에게 한약을 먹일 수도 없고……. 좋은 방법이 없나?

홉블린의 힘을 강하게 한다. 아이템을 착용시킬 수도 없고, 그렇다고 문양을 새겨 넣을 수도 없고… 아! 문양을 새겨 넣으면 되는구나!

보라색의 고리를 가지게 된 이후 나는 아이템을 문양을 통해 강화시킬 수 있는 능력을 가지게 되었다. 더듬이도 아이템의 일종이었고, 문양을 통해 강화시킬 수 있다!

거기까지 생각이 미치자 나는 침울해하는 소장을 두고 용기를 열었다.

용기 안에는 겨우 며칠의 수명을 연장한 더듬이가 있었고, 나는 작업용 칼을 꺼내 더듬이에 문양을 새겨 넣었다.

바로 내 몸에 새겨져 있는 보호의 문양을 말이다.

보호의 문양이라면 더듬이에 좋은 효과를 줄 수 있을 것이다.

마기를 흡수할 수 있는 힘을 가지게 해주는 효과.

하루에 수십 개가 넘는 문양을 그려본 적이 있었기에 더듬이에 문양을 새겨 넣는 데 10분도 걸리지 않았다.

문양을 새겨 넣은 더듬이를 다시 용기 안으로 집어넣었고, 새로운 마기의 정수와 아크타르 폭탄을 용기 안에 배치했다.

"지금 무슨 실험을 하려는 건가?"

멍한 표정으로 나의 행동을 바라만 보고 있던 소장이 드디어 질문을 했다.

"더듬이의 생체 능력 자체를 늘리는 문양을 새겨 넣었습니다. 충분한 양의 마기를 흡수할 수 있을지도 모릅니다."

실험은 재개되었다. 연구원들은 혹시나 하는 마음으로 용기 안을 바라봤고, 얼마 지나지 않아 폭발음과 함께 마기의 정수가 부서졌다.

용기 안은 마기로 가득 찼고, 더듬이는 이전보다 더 활발히 마기를 흡수하기 시작했다.

한참이나 마기를 흡수한 더듬이를 꺼냈다. 충분한 마기를 흡수한 더듬이는 생기가 넘쳐 보였고, 수명도 2년이나 늘어 있었다.

"실험은 성공이군. 자네 덕분일세."

언제 침울한 표정을 지었냐는 듯 연구소장은 귀에 입을 걸고는 말했다.

"하지만 홉블린의 더듬이를 이용해 통신을 하기 위해서는 여러 가지를 더 개발해야 합니다. 어떤 방식으로 통신을 할지도 모르니 아직 갈 길이 멉니다."

"그건 걱정하지 말게나. 통신 마법에 능통한 마법사들이 우리 연구소에 많이 있다네. 나도 통신 마법에는 일가견이 있고 말일세. 더듬이에 적혀 있는 고유 번호는 마계의 숫자 같은데, 이 숫자만 해독하면 분명 방법이 생길 걸세. 걱정하지 말고 기다리고 있게나."

연구소장의 말을 믿고 2주를 기다렸다.

그동안 상인들을 통해 아드몬드가 신성제국에 도착했다는 소식을 들었다. 그리고 아드몬드가 신성제국에 입장하는 순간 프란세스 추기경과 교황이 직접 나와 그를 반겼다고 했다.

그러면 된 거지. 신성제국이면 브루니스 왕국보다 훨씬 큰 국가니 아드몬드가 꿈을 펼치기에는 적당할 거야. 조금 아쉽기는 하지만 아드몬드의 선택을 두고 뭐라고 할 수는 없지.

이러다가 정말 아드몬드가 신성제국의 최연소 추기경이 되는 거 아냐?

신성제국에서 아드몬드보다 강한 기사가 있을 거라고는 생각하지 않는데.

종교적인 문제가 있지만 그건 프란세스 추기경이 알아서 잘 해결을 해줄 거고.

아드몬드의 미래에 대한 생각을 하고 있을 때, 연구소에서 보내온 전령이 급히 찾아왔고, 나는 다시금 연구소로 향했다.

고작 2주의 시간이 지났다. 그동안 통신 아이템을 제작했다고는 생각하지 않았다.

단지 단서 정도를 알아내었겠지.

"어서 오게나. 한참이나 기다렸다네."

너무도 자신만만한 표정의 연구소장이다.

설마 통신 아이템을 만드는 데 성공한 거 아냐?

"성공하셨습니까?"

"허허, 직접 눈으로 확인을 하게나."

연구소장은 문양이 새겨져 있는 더듬이 하나를 나에게 건네주었다.

어떻게 사용을 하는 거지?

더듬이에는 종기처럼 생긴 여러 개의 버튼이 있었지만 어떤 버튼을 눌러야 할지 감도 잡히지 않았다.

지이잉!

더듬이가 몸을 떨어대기 시작했다.

마치 휴대폰의 진동처럼 말이다.

"더듬이의 상단부에 있는 녹색의 버튼을 누르게나."

소장의 말대로 녹색의 버튼을 눌렀다.

―들리십니까?

더듬이의 하단부에서 누군가의 목소리가 들려왔다.

정말 성공한 거야?

"들립니다!"

―저는 통신 아이템 연구 팀의 연구원입니다. 현재 연구소의 정문에 위치하고 있습니다.

나는 급히 창문으로 뛰어가 정문을 바라봤다.

거기에는 연구원 한 명이 더듬이를 들고 손을 흔들고 있었다.

"정말 성공했군요. 대단하십니다. 이건 혁신적인 아이템입니다!"

"다 자네 덕분일세. 허허허."

겸손한 모습을 하고 있는 연구소장이 오늘처럼 사랑스러운 적이 없었다.

통신 아이템만 있다면 많은 일을 할 수 있다.

이제 자리에 앉아 은행 업무와 채권 업무를 하며 동시에 공장에 지시를 내릴 수도 있었고, 가장 중요한 것은 전쟁에서의 전략이 이 아이템으로 인해 엄청나게 변화할 것이라는 점이었다.

*　　　*　　　*

통신 아이템을 만들었지만 국외에 판매할 계획은 아직 없었다.

아다드 왕과 카인트 공작 또한 통신 아이템에 대한 가치를 정확히 알고 있었다.

통신 마법이 있을 당시 어떻게 활용했는지 잘 알고 있는 그들이었기에 통신 아이템이 전략적으로 얼마나 가치가 있는 아이템인지 알고 있었다.

통신 아이템은 비밀리에 주요 인사들에게 나누어졌고, 우리와 끈끈한 동맹으로 맺어진 가르신 왕국과 소수의 왕국에만 지급해 주었다.

하지만 비밀리에 만든다고 하지만 완전한 비밀은 있을 수가 없었고, 여러 국가와 상단들이 통신 아이템을 구입하고 싶어 했다.

금액이 얼마가 되었든 제작법을 판매해 달라는 국가도 있었다.

채권으로 제작법만 구입하면 황금 알을 낳는 거위를 가지게 되는 것이니 당연히 나올 수밖에 없는 말이다.

우리는 성화에 이기지 못해 소량의 통신 아이템을 경매 시장에 내놓았고, 그것은 B급 아이템 이상의 가격으로 팔려 나갔다. 통신 아이템을 원하는 국가와 상단은 많고 수량은 한정적이었기에 그런 가격이 책정된 것이었다.

현재 마기의 정수를 구할 수 있는 국가는 우리가 유일했고, 다른 왕국은 제작법을 알고 있다고 한들 악마의 탑 5층을 공략하지 못하는 한 제작을 할 수가 없다.

통신 아이템으로 인해 많은 것이 변화했다.

일단 직접 움직일 일이 적어졌다. 간단한 의사 전달은 통신 아이템으로 대신했기에 아다드 왕이 나를 찾는 일이 적어졌고, 나 또한 연구소와 공장에 간단한 지시를 할 때는 통신 아이템을 사용했다.

사소한 변화 같겠지만 통신 아이템으로 인해 모든 일이 한층 더 빠르게 진행될 수 있었다.

그리고 통신 병과를 새로 창설했다. 발이 빠른 기사들을 뽑아 통신 아이템의 사용법을 알려주었고, 각 부대의 연락을 유기적으로 할 수 있게 만들었다.

이제는 어떤 국가가 전쟁을 걸어오든 자신이 있다.

하지만 채권으로 국가들을 압박하고 무기의 우위를 점하고 있는 상황이라 전쟁은 한동안 일어나지 않을 것이다. 악마가 직접적인 개입을 하지 않는 이상 말이다.

*　　　*　　　*

신성제국의 신전.

신성제국에는 많은 신전이 있지만 수도에 있는 신전은 다른 왕국의 왕궁과도 비교되지 않을 정도의 크기였다.

고층 건물은 아니지만 작은 영지와 맞먹는 규모의 신전은 신성 기사들과 사제들이 바쁘게 움직이는 장소이며, 태양의 신인 루세튼을 믿는 사람들에게는 성지였다.

하루에도 수천 명이 성지 순례를 위해 사원을 찾아왔고, 그들은 사원의 입구에 있는 루세튼의 동상에 무릎을 꿇고 몇 시간이고 기도를 올렸다.

신성제국은 루세튼의 이름하에 모인 사람들의 집단이었다.

모든 일은 신의 이름으로 진행되었다. 신성 기사나 사제들이 예전보다는 권위가 떨어졌다고는 하지만 여전히 사람들은 신을 모시는 그들을 극진하게 대접했다.

사제들과 신성 기사들은 그런 국민들의 대접을 당연하게 받아들였다.

이렇게 아무런 문제가 없이 돌아갈 것 같은 신성제국의 사원에서 한 가지 문제가 생겼다.

바로 아드몬드라는 존재 때문이었다.

태양의 신을 따른다는 세례를 하기는 했지만 그의 신앙심을 확인할 수 없는 상황이다.

아무리 추기경이 지지를 한다고 해도 그는 이방인이다.

이방인이 신성 기사단의 기사단장이 된다는 것은 유례가 없는 일이다.

신성 기사단은 추기경을 태양의 신 다음으로 존경하고 따랐기에 그의 결정에 지지를 보여주었지만 사제들은 달랐다.

종교의 이름하에 모여 있는 그들이지만 다른 국가처럼 파벌 다툼이 존재했다.

추기경이 아드몬드를 데리고 온 이유에 대해서 말이 많았지만 추기경이 내세운 표면적인 이유는 신성 기사단을 강하게 하기 위해서였다.

거기까지는 이해할 수 있다. 하지만 추기경의 행보를 보자니 꼭 그런 이유만 있는 것 같지 않았다.

신성제국 사제 회의.

바칸트 교황이 직접 주도하는 회의는 선택받은 사제들만이 참석할 수 있었다.

수도의 사원을 운영하는 사제부터 지역을 담당하는 사제들까지, 수많은 사제가 세 달에 한 번 열리는 사제 회의에 참석하기 위해 수도를 찾았다.

평소와는 다른 분위기.

회의장 안은 신성제국과 어울리지 않는 분위기를 내뿜고 있었다.

"프란세스 추기경님, 브루니스 왕국에서 아드몬드 기사단장을 영입한 정확한 이유가 무엇입니까. 단지 기사단을 강하게 하기 위해서가 맞습니까?"

교황과 추기경을 제외하면 가장 높은 직위를 가지고 있는 대주교 우트만이 불편한 심기를 드러내며 말했다.

그는 노쇠한 추기경이 자리를 내려놓으면 그 자리를 이을 유력한 사람이었다.

지금도 신성 기사단을 제외한 대부분의 권력을 가지고 있는 그였기에 그의 행보를 막을 수 있는 사람은 없었다.

교황이 신성제국 내의 세력 다툼에 대해서는 묵인하였기에 더더욱 그러했다.

프란세스 추기경은 굳은 얼굴로 대주교의 질문에 답했다.

"잦은 전쟁으로 인해 신성 기사단이 많은 피해를 입었고, 그런 신성 기사단의 전력을 강화시키기 위해서는 아드몬드 기사단장의 도움이 절대적으로 필요합니다. 아드몬드 기사단장은 항마 전쟁에 참여한 경험도 있으며, 악마의 탑 7층을 공략한 영웅입니다. 그를 영입하고자 하는 국가가 얼마나 많은지 조금만 생각을 하면 아시지 않습니까."

대주교는 눈 한 번 깜빡이지 않고 추기경을 쏘아봤다.

지금 내가 생각이 없다는 겁니까. 그런 이유 때문이 아니라는 것을 잘 아시는 분이 지금 이런 말을 하시다니.

"그렇다면 왜 아드몬드 기사단장과 사제들 간의 교류를 주선하고 있는 겁니까. 다른 이유가 있기 때문에 그런 행동을 하시는 게 아닙니까?"

"원래 신성 기사와 사제들은 밀접한 관계지 않습니까. 종교에 귀의한 지 얼마 되지 않은 기사단장도 당연히 다른 사제들을 모르고 있었는지라 내가 나서 안면을 익히게 도와준 것인데 그게 잘못되었다고 말씀하시고 싶으신 겁니까? 지금 무슨 생각을 하고 계시는지는 잘 모르겠지만, 대주교님이 생각하시는 그런 일은 생기지 않을 겁니다."

"지금 내가 무슨 생각을 하고 있는지 어떻게 아시고 그런 말씀을 하시는 겁니까."

"혹시나 권력을 놓칠까 봐 겁이 나셔서 아드몬드 기사단장을 견제하시는 게 아닙니까."

"추기경님!"

권력이 센 사람일수록 말을 돌려서 했다. 지금처럼 직접적으로 말을 하는 것은 예의에 어긋났다.

"다들 그만하시게. 이번 일은 추기경과 내가 같이 생각해서 내린 결정이네. 신성 기사단의 전력을 강화하기 위해 어쩔 수 없이 내린 결정이란 말일세. 그리고 아드몬드 기사단장을 내가 직접 만나보았네. 선한 눈을 하고 있는 사람이더군. 그라면 우리 신성 기사단을 세계 제일의 기사단으로 만들어줄 수 있을 걸세."

교황이 간접적으로 아드몬드 기사단장을 지지한다는 선언을 했다.

이런 상황에서 더 말을 꺼내보았자 자신에게만 손해가 될 거라는 것을 알았기에 대주교는 말을 아꼈다.

하지만 그는 생각했다.

무슨 짓을 하려고 하는 건지는 모르겠지만, 이대로 내가 가만히 있을 거라고 생각하지는 마세요.

아드몬드 기사단장에 대한 얘기는 끝이 났고, 다른 안건으로 넘어갔다.

회의장은 다시 활기를 되찾았고, 사제들은 신성제국에서 발생하고 있는 사건 사고나 문제점에 대해 의논했다.

그러는 동안 아드몬드는 신성 기사들과 훈련을 했다.

아드몬드는 처음 신성 기사단 앞에 나섰을 때를 생각했다.

도전적인 눈빛. 나를 인정하지 않으려는 모습이었지.

추기경에게 절대적인 충성을 하고 있는 신성 기사단이었지만 새로운 기사단장에게까지 충성을 맹세하지는 않았다.

당연했다. 신성 기사단은 종교의 이름하에 있는 집단이긴 했지만 그들 또한 기사였다.

기사들은 힘든 수련과 전투를 이겨낸 사람들이었고, 당연히 자신들의 무력을 맹신하는 경향이 있다. 항마 전쟁 때 아드몬드를 본 기사가 여럿 있긴 했지만, 그의 무력을 정확하게 파악하지 못하고 있었기에 아드몬드를 인정할 계기가 없었다.

계기가 없으면 만들어야지.

"제 소개가 늦었군요. 저는 브루니스 북부의 벽 기사단의 기사단장 직을 맡았고, 이번에 루세튼 님에게 귀의한 아드몬드입니다. 하지만 이런 말보다는 몸의 대화가 우리에게 필요하겠네요."

아드몬드는 기사단의 선두에 서 있는 기사들을 바라봤다.

그중 가장 강한 무력을 가지고 있어 보이는 기사에게 눈짓을 했다.

아드몬드의 눈빛을 받은 기사는 그가 오기 전까지 신성 기사단을 이끌었던 기사였다.

눈빛의 의미는 대련이다. 그는 대련을 피하고 싶은 생각이 없었다.

신성 기사단을 이끌었던 기사가 대련을 무서워할 리가 없었고, 그는 당당한 걸음으로 아드몬드 앞에 섰다.

신성 기사단은 초롱초롱한 눈으로 그들의 대련을 지켜봤다.

"제가 도전자의 입장인 것 같으니 먼저 공격하겠습니다."

아드몬드가 먼저 움직였다.

신성 기사라고 해서 아이템을 사용하지 않는 것은 아니었다.

브루니스 경매장에서 나오는 물건을 구입하는 큰손 중에 하나가 신성 기사단이었다.

무력을 종교 다음으로 중요시 여기는 신성 기사단이었기에 아이템의 중요성을 잘 알고 있었고, 교황의 도움하에 많은 아이템을 구입해 착용했다.

하지만 지금은 아이템을 사용해서는 안 된다. 아이템의 힘으로 이긴다고 한들 기사들에게 인정을 받지 못한다. 그랬기에 그들은 서로의 아이템을 해제하고 오직 기본 무기만으로 대련을 했다.

아이템에 익숙한 아드몬드였지만 육체적인 능력 또한 우수했다.

하루도 빠지지 않고 육체를 단련해 왔고, 악마의 탑에서 몬스터를 상대하면서 얻은 전투 경험은 그를 인간 병기로 만들기에 충분했다.

아드몬드는 전직 기사단장의 허점을 노려 검을 찔러 넣었다.

하지만 전직 기사단장 또한 신성제국에서 가장 강한 기사였다.

아드몬드의 공격이 날카롭긴 하지만 피하지 못할 정도의 수준은 아니었다.

오히려 생각보다 강하지 않은 공격이었다.

나를 무시하는 건가, 아니면 이 정도밖에 되지 않는 사람인가?

자신의 옆구리를 향해 들어오는 아드몬드의 공격을 검면으로 흘리고는 역습을 하려고 하는 전직 기사단장이었다.

아드몬드가 그를 쉽게 생각하고 있는 것은 아니었다. 단지 그의 실력을 가늠하기 위한 전초전이라고 생각하고 한 공격이었다.

내 공격을 검면으로 흘려 버리겠다? 좋은 생각이지만 상대가 좋지 않군.

공격을 피하거나 막는 것도 아니고, 흘려 버리는 방법은 상대가 자신보다 한 단계 아래에 있어야만 가능했다.

아드몬드는 기사단장의 검에 맞닿는 순간 땅을 강하게 밟았다.

몬스터를 상대하려면 어떤 상황에서도 강한 공격을 할 수 있어야 했다.

고층의 몬스터를 상대하게 되면 안정적인 자세로 공격을 할 수 있는 순간은 많지 않다.

그랬기에 아드몬드는 어떤 상황에서도 공격을 할 수 있는 방법을 연구했다.

찰나의 순간, 다리를 땅에 박아 넣는 방법 또한 몬스터를 상대하면서 터득한 공격법 중 하나였다.

전직 기사단장은 갑자기 강해진 아드몬드의 공격을 흘리지 못했다.

검면으로 아드몬드의 공격을 막을 수는 없었고, 안정적으로 피하기에는 공간이 부족하다.

어쩔 수 없이 그는 꼴사나운 방법으로 아드몬드의 공격을 피해야 했다.

바닥을 기다시피 하며 공간을 만들어 아드몬드의 공격을 피한 전직 기사단장은 표독스럽게 변했다. 그는 자신의 모든 힘을 실어 아드몬드에게 공격을 가했다.

하지만 아드몬드는 그의 공격을 너무도 여유롭게 막아내었다.

힘의 격차가 느껴진다. 전직 기사단장에게 아드몬드 기사단장을 이길 수 있는 방법은 없었다.

검을 맞대는 순간 느낌이 오긴 했지만 공방을 이어가면 갈수록 자신은 아드몬드의 상대가 되지 않는다는 것을 깨달았다.

"제가 졌습니다."

고개를 숙이고 경의를 표하는 전직 기사단장의 모습에 신성 기사단은 전과는 다른 눈빛으로 아드몬드를 바라봤다.

자신의 힘을 증명해 보였음에도 아드몬드는 거만한 모습을 보이지 않았고, 기사단에게 자신이 알고 있는 전투법을 알려주고는 같이 수련을 시작했다.

그런 소탈한 모습에 신성 기사단은 빠르게 아드몬드를 인정했고, 따랐다.

Chapter 2

마지막 전쟁 I

교황의 침실은 순백으로 꾸며져 있다. 벽의 색도 그렇고, 침대보의 색깔마저 순백이었다.

순백의 침대에서 잠에 빠져 있는 그의 옆에 누군가가 모습을 드러냈다.

와치스의 명을 받고 움직이는 나르네가 교황의 옆에 나타난 것이었다.

하지만 교황은 그가 나타났다는 것도 모르고 꿈을 꾸고 있었다.

그는 꿈에서 눈물을 흘리고 있었다.

교황이 눈물을 흘리는 일은 많지 않다. 인자함과 동정심이 충만한 교황이긴 했지만, 그는 한 국가의 지도자이기도 했기에 쉽게 눈물을 보일 수가 없다.

하지만 그를 하염없이 눈물 흘릴 수 있게 하는 존재가 있다.

"아! 루세튼 님이시여. 만물의 아버지이며, 우리 왕국을 지켜주시는 태양의 신 루세튼 님이시여. 왜 이제야 제 앞에 나타나신 겁니까. 악마들 간의 전쟁에서 많은 신민들이 힘들어하고 있었습니다."

사원의 정문에 있는 동상과 다름없는 모습을 하고 있는 존재가 교황에게 말했다.

"역경은 내가 내린 시험이니라. 나를 믿고 따른다면 시험을 이겨낼 수 있으리라."

"믿습니다. 제발 오늘은 답을 내려주십시오."

교황이 꿈속에서 신을 만난 것은 오늘이 처음이 아니었다. 신의 말에 따라 아드몬드를 브루니스 왕국에서 영입했다. 하지만 다른 말은 하지 않고 있으니 교황은 답답했다.

항상 이렇게 끝이 났던 꿈이었다. 하지만 오늘은 꿈이 끝나지 않고 이어졌다.

"현재 나를 막고 있는 존재는 악마가 아니니라. 악마를 상대하기에 앞서 나를 방해하는 존재를 지워야 한다."

"그게 누구입니까? 신의 이름으로 제가 세상에서 소멸시켜 버리겠습니다."

"브루니스 왕국. 그들을 지우거라."

"알겠습니다. 만물의 아버지이자 태양의 신 루세튼 님의 명을 받들어 브루니스 왕국을 세상에서 지워 버리겠습니다."

꿈이 끝나가고 있었다. 나르네는 그런 교황을 보며 비열한 웃음을 지어 보이고는 모습을 감추었다.

아직 밤이 깊은 시간이었지만 교황은 프란세스 추기경을 불러 신탁에 관한 얘기를 했다.

프란세스 추기경은 교황의 말을 쉽게 믿을 수가 없었지만 신의 말이라는 신탁을 거부할 수는 없었다.

그렇게 신성제국은 악마의 장난에 속아 전쟁을 준비했다.

*   *   *

통신 아이템이 개발된 후 경매장을 찾는 일은 드물었지만 경매장의 수익을 마감 정산할 때만은 웬만하면 직접 참석을 했다.

에크를 의심한다거나 경매장의 직원들은 의심하는 건 아니지만, 그래도 최종 책임자가 정산을 하는 데 빠질 수는 없지 않은가.

에크와 직원들은 내가 오기까지 기다렸다가 정산 보고를 시작했다.

경매장의 수익은 이전에 비해 크게 늘어났다.

특히 내가 보라색 고리의 능력으로 특수 능력이 있는 아이템을 강화시킬 수 있게 된 이후 크게 상승했다.

하지만 모든 일에는 한계점이 있었고, 요 몇 달 동안은 크게 상승하지 못하고 있었다.

하지만 이번 달은 달랐다. 저번 달에 비해 2배나 달하는 수익이 발생한 것이었다.

"갑자기 왜 이런 수익이 생긴 거지?"

"신성제국에서 경매장의 아이템을 쓸어 갔습니다. C급 아이템부터 B급 아이템까지 경매장에 나오는 물건을 모조리 매입해 갔습니다. 지금까지는 채권을 발행한 적이 없는 신성제국이 갑작스럽게 채권을 발행해 아이템을 구입했기에 이런 수익이 생길 수 있었습니다."

"신성제국이 채권을 발행했다고?"

이해가 가지 않았다. 신성제국은 도도한 국가다. 채권은 결국 남에게 돈을 빌린다는 의미였고, 신성제국은 도도함을 잃지 않기 위해 채권을 한 번도 발행한 적이 없었다.

신을 믿는 존재들이 남의 돈을 빌려 아이템을 구입하는 것이 자존심에 상처를 입는 일인지는 잘 모르겠지만, 어쨌든 그런 이유로 경매장에서 유일하게 현금으로 아이템을 구입하는 국가였다.

그런데 갑자기 왜 마음을 바꾼 거지?

"신성제국에서 구입한 아이템 명단을 줘봐."

에크에게 아이템 장부를 건네받아 확인했다.

신성제국에서 구입한 아이템은 대부분 기사들이 사용할 만한 무기였다.

이런 무기를 대거 구입했다는 것은 전쟁을 준비한다는 건데. 누구와 전쟁을 벌이려고 하는 거지?

타나스 왕국은 이미 멸망했고, 탄트 왕국인가?

하지만 탄트 왕국이 악마와 거래를 했다는 증거를 찾지 못했다는 이유로 유리한 상황에서 물러난 신성제국인데.

이럴 때 아드몬드를 이용하면 좋을 건데. 아쉽단 말이야.

통신 아이템은 극비에 유통되었고, 우리의 동맹이라고 확신하는 국가나 사람에게만 지급했다. 아드몬드도 당연히 통신 아이템을 받을 자격이 있었다.

하지만 그는 거부했다. 신성제국에서 아직 자리를 제대로 잡지 못했다는 이유로 통신 아이템의 지급을 거부한 그였다.

그가 그런 선택을 한 것이 이해가 되었기에 재차 권유하지는 않았지만, 이런 상황에서 신성제국이 아이템을 대거 구입한 이유를 묻기에는 아드몬드보다 적합한 사람이 없었다.

"신성제국이 전쟁을 준비하는 것 같은데, 상인들을 통해 정보를 알아봐."

"알겠습니다."

경매장에서 나와 나는 바로 카인트 공작과 아다드 왕을 찾았다.

통신 아이템으로 연락을 할 상황이 아니었다.

경매장에 나오기 전에 연락을 했기에, 내가 왕궁에 도착했을 때는 왕의 집무실에서 카인트 공작과 아다드 왕이 나를 기다리고 있었다.

"전하, 신성제국에서 전쟁을 준비하고 있는 것 같습니다. 경매장의 아이템을 대거 구입했고, 한 번도 발행하지 않았던 채권까지 발행하며 아이템을 모으고 있습니다. 그들이 구입한 아이템은 전쟁에 필요한 것들이었습니다."

"신성제국이 전쟁을 준비한단 말인가? 신의 이름을 외치며 달려드는 그들의 표적이 누구인지 모르겠지만 불쌍하구나. 그래, 어떤 국가와 전쟁을 벌이려는지 알아보았는가?"

"지시를 내리기는 했지만, 아직은 어떤 국가가 표적이 되었는지는 확인하지 못했습니다."

카인트 공작은 자신의 아들이 있는 신성제국이 전쟁을 준비하고 있다는 말에 수염을 어루만지며 불안함을 표했다.

"신성제국이 전쟁을 선포하면 주변 국가들도 전쟁에 참여할 가능성이 많겠구나. 그렇다면 우리는 어떻게 하는 것이 좋겠는가?"

"일단은 상대가 누구인지부터 알아야 합니다. 우리와 동맹 관계를 맺고 있는 국가가 아니라면 참여를 하지 않아도 되지만 우리 동맹 국가가 표적이라면 복잡해집니다."

"그렇겠구나. 동맹 국가 한 곳을 버린다는 것은 곧 전체를 버리는 것과 다르지 않으니. 일단은 신성제국에 이목을 집중하고 기다리는 방법밖에는 없겠구나."

"그렇습니다. 추후 새로운 정보를 알게 되면 보고드리겠습니다."

신성제국은 국가적인 특징 때문에 첩자를 파견하기가 어려웠다.

종교에 미쳐 사는 사람들 속에서 일반인이 끼어 살아갈 리가 만무했고, 신성제국의 사람을 섭외하기는 더욱 어려웠다.

그만큼 종교의 힘은 무섭다.

하지만 우리는 가만히 있을 수 없었기에 경매장을 이용하는 상인들을 통해 신성제국의 행보를 파악했다.

그리고 신성제국이 전쟁을 선포하는 국가에 대해 알아내었다.

"카르닌 왕국이 신성제국의 표적이라는 말인가?"

"그렇습니다. 상인들의 정보를 종합해 보면 90% 이상의 확률로 카르닌 왕국이 전쟁 상대입니다."

안타깝지만, 카르닌 왕국은 우리와 동맹 관계를 맺고 있는 국가였다.

타나스 왕국과의 전쟁에서 맺은 동맹이었고, 그들은 우리와 가장 친한 국가 중 하나였다.

카르닌 왕국은 타나스 왕국과의 전쟁으로 인해 많은 군사를 잃었고, 배상금으로 병사들을 보충했다고는 하지만 신성제국을 막을 수 있을 정도의 능력은 없었다.

만약 신성제국이 카르닌 왕국을 공격한다면 하루도 지나지 않아 전쟁이 끝날지도 모를 정도로 전력 차가 극심했다.

"우리가 어떻게 행동하는 것이 좋겠는가?"

"카르닌 왕국이 우리의 동맹이기는 하지만, 신성제국을 적으로 둘 정도로 중요한 국가는 아닙니다. 하지만 신성제국이 카르닌 왕국을 끝으로 전쟁을 멈출지 모르는 상황에서 동맹국을 버리는 것은 힘들어 보입니다. 신성제국이 만약 다른 동맹국을 상대로 칼을 들이미는 상황이 생기면 그때는 우리도 어쩔 수 없이 움직여야 합니다. 그들이 무엇을 목적으로 전쟁을 벌이려 하는지는 모르겠지만, 카르닌 왕국 주변에는 우리 동맹국들이 분포하고 있습니다."

타나스 왕국을 상대하기 위해 맺은 동맹이었기에, 동맹국들은 가까운 거리에 위치하고 있었다. 카르닌 왕국이 쓰러지면 다음 표적이 다른 동맹국이 될 수도 있는 상황이다.

최악의 수를 생각해 보자.

신성제국이 갑작스럽게 전쟁을 선포했고, 그 상대가 우리 동맹국이다.

그리고 카르닌 왕국을 점령한 후 다른 동맹국들을 상대로 전쟁을 벌인다면?

우리 또한 위험한 상황에 처할지 모른다.

그 국가들이 우리와 동맹 관계를 맺고 있는 것을 알면서도 전쟁을 벌인다는 것은 그들의 최종 목적지가 브루니스 왕국이 될 수도 있다는 뜻이다.

하지만 신성제국이 우리와 전쟁을 벌일 이유가 있을까?

아무리 생각해도 없었다.

항마 전쟁이 끝나지도 않은 상황에서 악마와의 전쟁의 최선봉에 서고 있는 우리를 신성제국이 미워할 이유는 전혀 없었다.

다른 국가라면 몰라도 신성제국은 절대 우리를 버릴 수 없다.

우리는 지금까지 그들을 도와 항마 전쟁에서 최선을 다했다.

그런데도 우리에게 전쟁을 선포한다면?

악마가 개입한 것일 수도 있다.

"카인트 공작님, 악마의 탑으로 들어가 봐야 할 것 같습니다."

"전쟁 얘기를 하다 말고, 갑자기 악마의 탑으로 들어가자니?"

"신성제국이 우리를 상대로 전쟁을 선포한 것이 악마의 개입 때문일 수도 있습니다. 6층의 악마 크레닌이라면 우리에게 답을 줄지도 모릅니다."

"알겠네. 바로 브로안과 자네 스승에게 연락을 하겠네."

아다드 왕에게는 미안하지만, 우리는 급히 집무실을 빠져나와 악마의 탑으로 이동했다.

연락을 받은 브로안과 스승님이 합류하기를 기다렸다가 우리는 곧장 악마의 탑 6층으로 이동했다.

다행히 크레닌이 악마의 탑 6층에서 우리를 기다리고 있었다.

"오랜만에 찾아왔군."

우리의 모습을 발견한 크레닌에게서는 공격 의지를 찾아볼 수 없었다.

"혹시 악마가 신성제국에 개입했는지 알고 있나?"

"그런 일이 생겼는가? 그렇군, 그렇게 된 거였어."

"알고 있는 거야, 모르는 거야!"

"나도 정확하게는 모르지만, 상위 악마가 하는 얘기를 듣긴 했다네. 자네들이 빠르게 악마의 탑을 공략하는 것을 견제하기 위해 방법을 찾고 있다고 했다네. 신성제국이 브루니스 왕국에 전쟁을 선포한 것은 악마의 개입 때문이 분명할 걸세. 높은 자리에 있는 사람의 정신을 흔들어놓았을 걸세. 국가는 한두 사람의 최종 결정권자만 조종하면 마음대로 할 수 있는 구조이지 않은가."

대부분의 국가는 왕권에 힘이 집중되어 있었고, 의회가 존재하는 가르신 왕국을 제외하면, 왕을 조종할 수 있게 되면 무슨 일이든 할 수 있다. 전쟁이라고 해도 말이다.

특히 신성제국이라면 교황의 말이 곧 법인 국가였다.

"만약 악마가 신성제국의 교황을 조종하고 있다면, 어떤 방법으로 조종을 하는지 알고 있나?"

"나를 자꾸 아랫사람으로 대하는 듯하군. 나는 자네의 부하가 아니란 말일세."

이 상황에서 삐지다니. 악마가 삐지기나 하고. 지금은 내가 아쉬운 상황이었으니 그를 달래주어야 했다.

"상황이 급하다 보니 말이 헛 나왔네요. 당신을 아랫사람으로 생각한 적은 없어요. 우리가 마계의 일을 알기 위해서는 당신 말고는 다른 창구가 없다는 것을 알고 있지 않으십니까. 도와주세요."

이제야 인상을 푸는 크레닌이었다.

"내 생각으로는 신탁의 이름으로 교황을 조종하고 있는 것 같네. 이미 교황은 꿈속에 나온 악마를 신으로 믿고 있는 것 같은데, 그의 마음을 돌릴 방법 따위는 없다네. 전쟁을 막고 싶다면 교황을 죽이는 방법 말고는 다른 방법이 없어 보이는 군."

교황을 죽여야 한다?

신성제국이 우리를 향해 발톱을 내밀고 있는 게 확인되지 않는 지금, 만약 우리가 교황을 암살하려는 계획을 세우고 있다는 것을 신성제국에서 알게 된다면 빼도 박도 못 하게 된다.

크레닌의 말에 거짓은 없어 보였지만 그의 말을 믿고 교황을 암살할 수는 없다.

"감사해요. 그럼 우리는 이만 돌아가 보도록 할게요."

크레닌에게서 알 수 있는, 필요한 정보를 다 들었기에 우리는 바로 악마의 탑을 빠져나와 다음 계획을 세우기 위해 머리를 맞댔다.

최진기 일행이 빠져나간 악마의 탑 6층에서는 크레닌이 의미 모를 미소를 지으며 생각에 잠겨 있었다.

"신성제국을 이용해 브루니스 왕국을 친다? 좋은 방법이긴 하군. 하지만 그것만으로는 부족한데. 다른 비장의 수가 하나 있을 것 같은데, 그게 뭔지 모르겠군. 크크크크, 재밌게 되었어. 일단 상황을 지켜봐야겠어. 개인적으로는 브루니스 왕국이 승리를 했으면 좋겠군."

*　　　*　　　*

신성제국이 움직이기 시작했다.

신성제국군은 신의 이름을 외치며 진군했고, 그들의 앞을 가로막는 이는 아무도 없었다.

순식간에 크레닌 왕국의 지척에 도착한 그들이었다.

크레닌 왕국과 주변국들은 신성제국의 깃발을 보며 두려움에 떨고 있었다.

브루니스 왕국은 신성제국군이 신성제국을 출발하기 전에 결정을 내렸다.

"신성제국의 주요 인사가 악마에게 현혹되었을 가능성이 높습니다."

신성제국과의 전쟁을 기피하는 아다드 왕이었지만 그를 설득시켜야 한다.

나와 카인트 공작은 아다드 왕을 설득시키기 위해 아다드 왕을 찾아갔고, 알고 있는 정보를 아다드 왕에게 말했다.

"신성제국이 악마에게 현혹되었다? 나는 믿지 못하겠네. 신성제국은 신을 모시는 국가일세. 그들은 어떤 국가보다 더 악마를 증오한다네."

"이전에는 그랬겠지만 지금은 아닙니다. 더는 신성력에 의해 보호를 받고 있지 못한 국가입니다. 다른 국가와 다르지 않습니다. 단시간에 제국 두 곳을 소멸시킨 악마의 능력이라면 신성력이 사라진 신성제국의 주요 인사들을 현혹시킬 능력이 충분합니다. 그리고 지금 그들의 행동을 보면 확신할 수 있습니다. 항마 전쟁을 위해서라면 한 명이라도 더 많은 아군을 만들어야 하는 판국에 우호적인 성향을 가지고 있는 국가들을 침공하고 있습니다. 신성제국의 마지막 목적지는 우리 왕국이 분명합니다."

"정말 그들이 우리 왕국을 침공하려고 하는 것인가?"

"그렇습니다. 지금 우리가 동맹국들을 구하지 않으면 온전한 병력을 유지한 신성제국과 싸워야 합니다. 우리가 강하다고는 하지만 그들을 혼자 막기에는 버겁습니다."

물론 지지 않을 자신은 있다. 연구소에서 만들고 있는 생화학 무기를 이용하면 아무리 많은 수의 신성제국군이라고 해도 상대할 자신이 있다.

하지만 악마에게 어떤 능력을 받았는지 모르는 상황에서 섣불리 움직일 수는 없었고, 많은 수의 동맹이 필요했다.

이번 전쟁과 관련이 없는 국가들은 관망했다.

혹시나 불똥이 튈까 문을 굳게 잠그고, 전쟁의 행방을 구경만 했다.

그런 그들을 우리 편으로 돌려야 했다.

채권과 은행을 통해 많은 국가들의 경제를 움직이고 있긴 했지만 군사적인 도움을 받기에는 아직 무리가 있었다.

오히려 우리에게 돈을 갚지 않기 위해 신성제국의 편으로 돌아설 수도 있다.

아직은 그 누구의 편에 서지도 않고 있는 그들의 마음을 돌리기 위해서는 힘을 보여 주어야 한다.

즉 전쟁은 피할 수가 없다. 그렇다면 동맹군과 힘을 합쳐 전쟁을 치러야 한다.

이미 우리는 전쟁 준비를 마쳤고, 아다드 왕의 허락만 떨어지면 바로 진군할 수 있게 만들어 두었다.

"무조건 승리해야 하네. 다른 국가와의 전쟁이라면 한 번쯤은 패배해도 되지만 우리의 상대는 신성제국이네. 루세튼 신을 믿는 신도들이 여러 국가에 분포되어 있네. 만약 우리가 이번 전쟁에서 패배하면 우리는 외톨이가 되어 버린다네."

"알고 있습니다. 무조건 승리하도록 하겠습니다."

"그럼 부탁하네."

전하의 허락이 떨어졌다.

우리는 그 즉시 카르닌 왕국을 향해 전 병력을 진군시켰고, 엄청난 양의 원거리 무기와 생화학 무기를 보관 상자에

담았다.

우리는 신성제국이 도착하기 직전에 동맹군에 합류할 수 있었다.

"오시느라 수고가 많으셨습니다."

카르닌 왕국의 병력을 지휘하고 있는 쥬만드 백작이 우리를 반겼다.

우리의 동맹국들은 카르닌 왕국 다음이 자신들이 될 것을 짐작하고 있었기에 카르닌 왕국으로 모여 있었다. 하지만 그들만으로는 신성제국을 막을 수 없다는 것을 알고 있었고, 우리의 합류를 격하게 반겼다.

"신성제국과의 전쟁이지만 승리할 수 있습니다. 죽음을 불사하는 신성제국군이지만 우리는 그들보다 강한 무기를 가지고 있습니다. 그들이 성벽을 넘지 못하게 해야 합니다."

동맹군의 병사보다 몇 배는 많은 군사를 보유하고 있는 신성제국이다.

그들은 경매장에서 사들인 아이템으로 무장하고 있었다.

미리 알았더라면 그들이 우리 경매장에서 아이템을 구입하는 것을 막았겠지만, 신성제국이 전쟁을 벌일 것이라고는 전혀 예상하지 못했기에 어쩔 수 없었다.

하지만 그들이 아무리 좋은 무기로 무장을 하고 있다고는 해도 전부 근접 무기다.

여러 국가들이 우리 왕국을 따라 원거리 무기를 제작하고 있긴 했지만 원조를 따라오기에는 기술력이 현저히 부족했다.

그리고 문양으로 사거리와 파괴력을 늘린 신형 원거리 무기는 다른 국가들이 흉내도 내지 못할 정도의 위력을 가지고 있다.

그랬기에 이번 전쟁에 자신이 있었다.

우리가 합류했음에도 불안한 모습을 보이고 있는 동맹군의 사령관들을 안심시키기 위해서라도 원거리 무기의 위용을 보여 줘야 했다.

"신성제국군이 오는 방향에 원거리 무기를 설치하고 있습니다. 지금쯤이면 설치가 끝났겠군요. 한번 가보시겠습니까?"

카인트 공작이 동맹군의 사령관이 되는 것은 당연했다.

가장 높은 직위를 가지고 있었으며, 가장 경험도 많다. 게다가 강한 무기를 대량으로 보유하고 있는 브루니스 왕국의 공작이다.

카인트 공작이 먼저 사령관이 되겠다고 말을 꺼내기도 전에 많은 국가의 지휘관들이 사령관이 되어 달라고 부탁을 했고, 카인트 공작은 그들의 부탁을 거절하지 않고 받아들였다.

나는 카인트 공작을 등에 업고 실질적으로 회의를 진행했다.

내가 하는 말이 곧 카인트 공작의 말이라는 사실을 알고 있는 지휘관들은 내 말을 따라 성벽을 향해 이동했다.

성벽에는 브루니스 왕국의 기술력의 모든 것이라고 볼 수 있는 원거리 무기들이 설치되어 있었다.

성벽보다 더 높은 원거리 무기도 수십 개에 달했다.

설치할 장소가 부족해 인가를 부숴야 할 정도였고, 그 엄청난 위용에 동맹국의 지휘관들은 눈을 제대로 깜빡이지도 못하고 있었다.

타나스 왕국과의 전쟁에서 원거리 무기의 능력을 확인한 바 있는 그들이기에 엄청난 수의 원거리 무기를 보며 불안감을 떨쳐 내었다.

"대단합니다. 타나스 왕국과의 전쟁을 치른 지 얼마 되지도 않는데 이렇게 많은 양의 무기를 보유하다니. 정말 브루니스 왕국의 저력이 대단합니다."

"우리는 모든 국력을 무기 제작에 투자했다고 해도 무방합니다. 항상 전쟁을 준비했습니다. 먼저 전쟁을 선포할 생각은 없지만 분명 조만간 전쟁이 일어날 거라고 예상하고 있었습니다. 단지 그 국가가 신성제국일 거라고는 예상하지 못했지만 말입니다."

신성제국의 전쟁 결정은 갑작스럽고 신속했다.

아무도 예상을 하지 못한 행보였기에 더욱 이목이 집중되었다.

충분한 명분을 가지고 있지 못한 신성제국이었지만 신의 이름이라는 일방적인 명분으로 전쟁을 선포했다.

신성제국은 특수한 위치에 있는 국가였기에 가능했다.

다른 국가가 신성제국처럼 전쟁을 선포했다면 많은 비난과 역공을 받아야 했겠지만 신성제국은 예외였다.

아직은 신성제국군의 모습이 보이지 않았지만 척후병의 보고에 따르면 3일 안에 당도할 정도의 거리라고 했다.

우리가 가지고 있는 원거리 무기의 사정거리에 아직 들어오지 않았다.

하지만 사정거리 안에 들어오기까지 얼마 남지 않았기에 미리 열기구를 높게 올려 신성제국군의 위치를 파악했다.

그렇게 이틀이 지났고, 드디어 열기구에서 정찰을 하고 있는 병사에게서 신성제국군의 모습을 확인했다는 연락을 받았다.

이번 전쟁에서 우리가 만든 통신 아이템이 처음으로 사용되었다.

—25㎞ 정도 떨어진 위치에 신성제국군이 있습니다.

아직은 사정거리에 도달하지 않았다.

우리가 가지고 있는 무기의 사정거리는 10㎞가 되지 않는다.

일반적인 투석기의 사정거리가 500m가 넘지 않는 것에 비하면 엄청난 사정거리이기는 하지만 그래도 현대식의 무기에 비하면 떨어졌다.

하지만 10㎞의 사정거리의 우위는 엄청나다.

신성제국군은 우리를 공격할 방법이 없지만 우리는 그들을 공격할 수 있다.

망원경으로 봐야만 겨우 확인할 수 있는 거리였지만 많은 군사들이 한 번에 움직이고 있었기에 그들을 확인하는 것은 어렵지 않다.

우리는 신성제국군이 사정거리 안으로 들어오기를 기다렸다.

반나절도 되지 않는 시간이었지만 그 시간이 몇 년처럼 느껴졌다.

—사정거리 안으로 들어왔습니다.

정찰병은 대충의 거리와 방향을 알려왔다.

"전원 발포 준비!"

첫 발에 신성제국군을 맞힐 수 있을 거라고는 생각하지 않지만 두세 번의 시행착오 정도면 충분히 영점을 조정할 수 있다.

"드디어 전쟁이 시작되는군."

카인트 공작은 원거리 무기를 바쁘게 움직이고 있는 병사들을 보며 말했다.

"이번 전쟁은 우리가 승리할 수 있습니다."

카인트 공작의 표정이 좋지 않은 이유는 알고 있다.

아드몬드 때문이겠지.

아들이 신성제국군의 기사단장으로 있다.

당연히 그의 표정이 좋을 수가 없다. 전쟁이 벌어지기 전에 아드몬드에게 서신을 보내 브루니스 왕국으로 귀환하라고 했지만 그는 거절했고, 지금 적으로 만나게 되었다.

하지만 카인트 공작은 한 번도 아드몬드에 대한 말을 꺼내지 않았다.

냉정하다고도 볼 수 있었지만 개인의 가정사를 꺼내기에는 이번 전쟁은 너무도 중요했다.

기회가 되면 아드몬드를 구하겠지만, 그런 상황이 오지 않는다면 어쩔 수가 없다는 것을 카인트 공작은 잘 알고 있었다.

"공작님, 발포 준비를 마쳤습니다."

카인트 공작은 쥐고 있던 검을 하늘로 추켜올렸고, 모든 병사들의 시선이 카인트 공작의 검에 집중되었다.

"발포해라!"

카인트 공작의 검이 떨어지는 순간 병사들은 투석기를 작동시켰다.

쿵! 퍽!

엄청난 크기의 투석기답게 굉음을 만들어 내며 강화된 바위가 날아갔다.

먼 거리를 날릴 수 있는 투석기가 있다고 한들 바위가 그 힘을 견디지 못하면 헛수고였다.

그랬기에 모든 바위를 직접 금속과 조합해 강화시켰다.

더는 바위라고 부르지 못할 정도로 강화된 바위를 우리는 아크타르라고 불렀다.

바위에 아크타르 성분이 다량으로 함유되어 있기에 지은 이름이었다.

아크타르는 하늘을 가르며 날아갈 수 있을 정도의 강도를 가지고 있었으며 일정량 이상의 충격을 받으면 폭발한다.

작은 오두막 정도의 크기를 가지고 있는 아크타르였고, 폭발하게 되면 주변을 초토화시킬 정도의 위력을 가지고 있다.

투석기의 개발도 중요하지만 나는 아크타르를 더욱 중요하게 생각했다.

아크타르가 실전에 배치된 것은 이번이 처음이었고, 어떤 결과를 낼지 궁금했다.

직접 눈으로 확인하고 싶었지만 나는 매의 눈을 가지고 있지 못했기에 열기구 위에 있는 정찰병의 보고를 기다려야 했다.

─대부분의 아크타르가 신성제국군의 우측에 떨어졌습니

다. 신성제국군이 받은 피해는 미미합니다.

사정거리가 짧지는 않다. 단지 방향만 조절하면 된다.

"좌측으로 두 칸 이동해라."

병사들은 투석기의 방향을 좌측으로 이동했고, 재장전을 마친 투석기는 다시 굉음을 뿜어내며 아크타르를 내뱉었다.

엄청난 속도로 하늘을 가르는 아크타르는 순식간에 시야에서 사라졌다.

그리고 다시 정찰병의 연락을 받았다.

—70%가 신성제국군의 위에 떨어졌습니다. 조금 더 좌측으로 옮겨야 할 것 같습니다.

"투석기를 좌측으로 반 칸 옮겨라"

신성제국군은 갑자기 하늘 위에서 떨어진 아크타르에 정신을 못 차리고 있을 것이다.

아직 후퇴 명령을 내리지도 않고 있는 걸로 보아 특유의 광기를 내보이며 전진하고 있을 것이다.

광기에 휩싸인 광신도들의 공격은 무섭지만 어떤 의미로는 아둔했다.

지금은 후퇴를 해야 했다.

그래야만 피해를 줄일 수 있다.

하지만 그들의 사전에는 후퇴라는 단어가 존재하지 않았고, 계속해서 아크타르에 의해 큰 피해를 입어 갔다.

하늘이 어둑해질 때까지 우리는 계속해서 투석기를 발포했다.

정확한 피해를 확인할 수는 없지만, 신의 이름으로 뭉쳐 있는 신성제국군의 사기를 떨어뜨릴 정도는 될 것이다.

밤사이 전진하는 것을 막기 위해 조를 나누어 야간에도 투석기를 발포했다.

대신 야간에는 열기구 위에 있는 정찰병들이 신성제국군의 모습을 발견할 수 없었기에 무작위로 투석기를 발포했다.

밤낮을 가리지 않고 사용되어지는 투석기였지만 고장이 나지는 않을 것이다.

보호의 문장으로 강화된 몸체는 하늘에서 벼락이 떨어져도 멀쩡할 것이다.

하지만 문제는 아크타르였다.

이미 준비한 아크타르를 30% 이상 소진했다.

그래서 이번 전쟁에는 병사들뿐만 아니라 많은 수의 장인들도 대동했다.

장인들은 투석기가 아크타르를 소비하는 만큼은 아니지만 절반 정도는 새로 생산해 내었고, 그 작업을 내가 직접 마무리했다.

밤이 지나고 아침 해가 밝아오자 열기구 위에 있는 정찰병들에게 연락이 왔다.

─신성제국군은 어제와 크게 다르지 않은 위치에 있습니다.

밤사이 가한 포격이 효과가 있었다. 끊임없이 움직이고는 있었지만 긴 거리를 이동하지는 못한 신성제국군이었다.

그리고 그 숫자도 어제에 비해 많이 줄어 있었다.

이대로라면 성벽 근처에 도착하는 신성제국군의 수가 절반의 절반도 되지 않을 것이다.

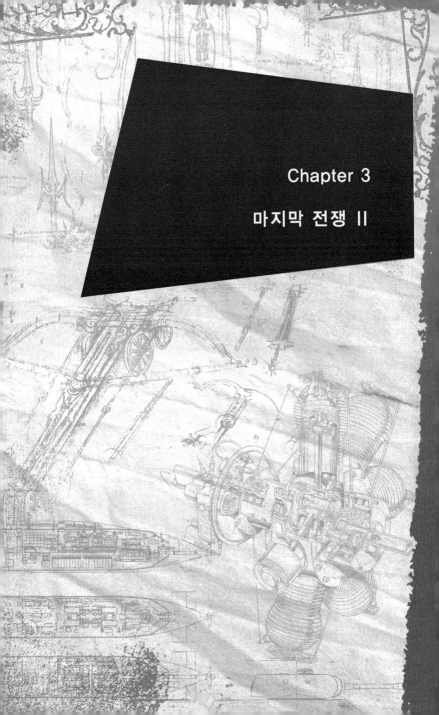

Chapter 3

마지막 전쟁 II

신성제국군이 머물렀던 장소는 아크타르의 영향으로 불타오르고 있었고, 그들은 불길을 뚫고 우리를 향해 전진했다.

　처음에 비해 현저히 느린 속도였지만 그들은 끊임없이 전진했고, 30%의 군대만이 성벽에 도착했다. 하지만 온전한 모습을 하고 있는 병사는 보기 힘들었다.

　불에 그을린 자국이 있는 병사부터 피를 흘리고 있는 병사까지.

　지금 당장 의무대에 들어가야 할 인원이 절반이 넘어 보였다.

그들의 몸과 옷이 검게 그을려 있지만 눈만은 아직 살아 있었다.

종교의 힘이 얼마나 대단한지 다시 한 번 깨달았다.

그리고 가장 선두에 서 있는 프란세스 추기경과 아드몬드.

처음 아드몬드의 모습을 발견한 카인트 공작은 안도의 한숨을 내쉬었지만 적으로 싸워야 한다는 사실을 깨닫고는 입술을 질끈 깨물었다.

동맹군의 병사보다 더 적은 신성제국군이었지만 우리는 그들과의 전면전을 피했다.

타나스 왕국과의 전쟁에서 얻은 교훈이 뼛속 깊숙이 자리 잡고 있었기에 작은 방심도 하지 않았다.

투석기의 사정거리를 벗어났기에 대형 석궁을 이용해 그들의 수를 다시 줄여 나갔다.

원거리 무기로 적진을 부수는 행위가 눈에 보이지 않았을 때는 얼마나 잔인한지 몰랐지만 지금은 두 눈으로 똑똑히 확인할 수 있었기에 구역질이 올라왔다.

얼마 전까지만 해도 같은 진영에서 적과 싸웠던 신성제국군이다.

대부분의 신성제국군은 여전히 악마를 혐오했고, 항마 전쟁에서 승리하는 것을 최우선으로 생각하고 있었다.

하지만 그들에게 명령을 내리는 사람이 악마에게 현혹되어 있었기에 악마가 아닌 우리와 싸워야 했다.

망원경을 이용해 신성제국군의 주요 사령관들을 확인했다.

프란세스 추기경부터 아드몬드까지.

전부 정상적인 모습이었다. 악마에게 현혹당했다고는 보기 힘든 모습이었다.

그렇다면 누가 악마의 지시를 받고 있는 거지?

추기경보다 더 높은 직위를 가지고 있는 사람은 한 명뿐이다.

바칸트 교황, 신성제국에 사는 모든 신민들의 지지를 받으며 신과 가장 근접해 있다고 불리는 사람. 그의 명령이 없었다면 신성제국군이 우리를 상대로 전쟁을 선포하지 않았을 것이다.

신성력이 남아 있는 사람이 한 명이라도 있었다면 이런 일은 발생하지 않았을 것이다.

프란세스 추기경은 그 누구보다 신앙심이 강한 사람이었기에 교황의 명령을 어길 수 없었을 것이다. 하지만 아드몬드는 다르다.

프란세스 추기경은 교황만큼은 아니지만 아드몬드의 말은 새겨들었다.

아드몬드라면 프란세스 추기경을 막을 수 있지 않았을까?

그를 막지 못한 다른 이유라도 있는 걸까?

아드몬드와 직접 대화를 하지 않는 이상 답은 알지 못한다.

투석기와 거대 석궁에 큰 피해를 입은 신성제국에게 대화를 먼저 요청했지만 신성제국군은 대화를 일체 거부했다.

사신에게는 공격하지 않는다는 암묵적인 규약마저 어겼다.

끔찍한 모습으로 죽은 사신의 모습을 확인했기에 우리도 더는 사신을 파견하지 않았고, 대화를 시도하지 않았다.

이제는 한쪽이 완전히 파멸하지 않는 이상 전쟁은 끝나지 않는다.

거대 석궁이 많은 피해를 입히고는 있었지만 아직은 부족했다.

단시간에 전쟁을 끝내기 위해서는 파격적인 행보가 필요했다.

투석기를 사용하지 못하는 상황이었기에 많은 양의 아크타르가 창고에 저장되어 있었고, 그 아크타르를 열기구에 실었다.

성벽에서 직선으로 날아가는 거대 석궁의 공격과 열기구를 이용한 하늘에서 떨어지는 공격이라면 전쟁의 종지부를 찍기에 적합하다.

펑! 퍼벙!

귀를 막지 않으면 고막이 손상될 정도의 굉음이 성벽 주변에 울려 퍼졌고, 연기가 가시고 난 후 움직이는 사람은 많지 않았다.

아무리 종교의 힘으로 인해 죽음을 두려워하지 않는 신성 제국군이라고 하더라도 이런 상황에서 전투 의지를 가지기에는 힘들었다.

신성 기사단을 제외하면 제대로 움직이는 사람은 없다.

신성 기사단도 큰 타격을 입었기에 이제는 전면전에 들어가도 되었다.

압도적인 수적 우세를 우리가 가지고 있었기에 성문을 열었다.

내 생각과는 다르게 카인트 공작이 가장 선두에 서 신성 기사단과 싸웠다.

퍼플 티까지 복용한 카인트 공작은 오러 마스터의 모습을 보여주었고, 신성 기사단은 카인트 공작의 앞에서는 온순한 양일 뿐이었다.

그렇게 전쟁은 끝났다. 신성제국이 패전 선언을 할 가능성은 전혀 없었지만 압도적으로 우리가 승리했다는 사실은 모든 국가들에게 알려질 것이고, 그들은 결정을 내릴 것이다.

신성제국이 패배한 이상 우리의 손을 들어 줘야만 했다.

우리가 그들의 약점을 잡고 있었기에 여러 국가들은 아쉬움을 뒤로하고 우리 편에 서서 신성제국을 압박해야 했다.

포로로 잡힌 수많은 신성제국군을 성안으로 들게 할 수는 없었기에 프란세스 추기경 같은 주요 인사들만 성안으로 받아들였다.

다른 신성제국군 병사들은 전장의 한가운데 포박된 채로 방치되었다.

감옥에 갇힌 채 아무런 말도 하지 않고 있는 프란세스 추기경과 아드몬드.

아드몬드는 내가 직접 찾아가도 입을 열지 않았다.

하지만 그에게서 전쟁의 이유에 대해 알아내어야 했기에 카인트 공작이 눈물을 머금고 감옥으로 들어가야 했다.

"혼자 가고 싶구나."

감옥에는 포박된 채로 갇혀 있는 포로들밖에 없었기에 위험하지는 않다.

그리고 그들은 온전해서 카인트 공작에게 위협적이지 않았기에 카인트 공작 홀로 감옥으로 들어가는 것을 막지 않았다.

　　　　*　　　　　*　　　　　*

카인트 공작은 감옥의 입구에서 한동안 움직이지 않았다.

무슨 말을 해야 될까.

지금은 적 기사단의 단장이지만 자신의 아들인 건 변하지 않는다.

그는 굳게 결심을 하고 감옥의 문을 열었다.

감옥은 독방의 형태로 만들어져 있었다. 가장 중요한 사람인 프란세스 추기경은 가장 깊숙한 곳에 있었고, 아드몬드는 그의 바로 옆 감옥에 갇혀 있었다.

아드몬드는 눈을 감고 미동도 하지 않고 있었다.

"괜찮으냐?"

계속해서 눈을 감고 있고 싶어 하는 아드몬드였지만 아버지의 목소리에 눈이 번쩍 뜨였다.

"공작님⋯⋯."

말을 나누지는 않았지만 감정은 전달되었다.

그가 얼마나 힘들어하는지 심장이 먼저 반응해 뛰었다.

아드몬드는 족쇄를 끌고 쇠창살 앞으로 기어갔다.

그런 그의 모습에 카인트 공작의 눈시울이 붉어졌다.

"이게 어떻게 된 일이냐. 갑자기 신성제국이 우리를 상대로 전쟁을 선포한 이유가 무엇이냐."

"저도 자세한 이유는 모르겠습니다. 단지 바칸트 교황님이 신탁을 받았다고 했습니다. 자세한 신탁의 내용은 교황님만이 알고 있습니다. 저는 단지 기사단장의 직책을 수행했을 뿐입니다."

"옳지 않은 전쟁이라고 생각했으면 빠져나왔어야지! 그렇게 권력이 욕심이 나더냐. 신성제국에서 무슨 부귀영화를 누리겠다고⋯⋯."

카인트 공작의 말에 아드몬드의 눈에서는 물이 떨어져 내렸다.

더러운 볼을 타고 흐르는 눈물에는 부자지간의 사랑이 담겨 있었다.

그런 모습을 보고 어떤 아버지가 가만히 있겠는가.

카인트 공작은 동맹군의 총사령관의 자리에 있는 사람이지만 아버지이기도 했다.

잘난 아들이 혹여나 자만심에 빠질까 칭찬과 사랑을 아꼈었다.

아드몬드가 잘못된 선택을 한 것이 전부 자신의 책임 같았다.

카인트 공작은 아드몬드가 갇혀 있는 감옥의 문을 열고 안으로 들어가 아드몬드를 꼭 끌어안았다.

"지금이라도 돌아와라. 내가 무슨 수를 써서라도 브루니스 왕국으로 데려가 주겠다."

"아버지……."

그들은 서로의 온기를 느끼며 부자지간의 정을 나누었다.

푹!

따끔!

카인트 공작은 가슴이 따끔거리는 느낌을 받았다. 곧이어 숨이 막혀 왔다.

"이게 무슨 짓이냐."

"드디어 성공했네요. 이제 진 자작만 처리하면 되는데, 어떻게 처리를 하지."

혼잣말을 하고 있는 아드몬드의 눈은 보라색으로 빛났다. 자신이 알고 있던 아들의 모습이 아니었다.

카인트 공작은 점점 굳어가는 몸을 이끌고 감옥을 빠져나왔다.

그런 카인트 공작의 모습을 발견한 간수는 급히 공작을 업고 감옥 밖으로 나왔다.

"이게 어떻게 된 일입니까?"

"아드몬드가 악마에게 지배당하고 있는 것 같다."

"아드몬드가 공작님을 이렇게 만든 겁니까?"

아무리 악마에게 정신을 지배당하고 있다고 해도 그렇지, 어떻게 아들이 아버지를 찌를 수 있단 말인가.

상처는 단순히 뾰족한 것에 찔린 듯했지만 카인트 공작의 상태는 매우 나빴다.

급격히 빨라지는 심작 박동 소리와 급해지는 카인트 공작의 숨소리.

이대로는 카인트 공작을 잃을 것만 같았다. 나는 내가 착용하고 있는 목걸이를 풀어 카인트 공작에게 채워 주었다.

생명 유지 목걸이.

생명력이 조금이라도 남아 있으면 목숨을 유지해 주는 아이템이다.

아이템이 공작의 목숨을 연장해 줄 수는 있지만 치료제가 없으면 회복시킬 수가 없다.

천사의 눈물도 이미 먹여 보았지만 아무런 소용이 없었다.

아이템을 착용하고 있기에 죽지는 않았지만 공작의 숨소리는 들리지 않았고, 안색 또한 죽은 이의 모습과 다르지 않았다.

위험하고 급박한 상황이다.

나는 스승님과 브로안을 데리고 아드몬드가 있는 감옥을 찾아갔다.

그곳에서는 보라색의 눈을 빛내고 있는 아드몬드가 굵은 바늘과 같은 무기를 들고 방긋 웃고 있었다.

"생각보다 늦게 왔네. 그래, 아버지의 상태는 어때? 지금쯤이면 돌아가셨을 건데. 그래도 오러 마스터였던 분이라 특별히 독을 더 많이 발라 두었는데."

사이코패스를 실제로 본 적은 없지만 지금의 아드몬드가 사이코패스가 아닐까, 라는 생각이 들었다.

너무도 천진난만한 미소를 하며 끔찍한 말을 내뱉는 아드몬드였다.

나보다 더 카인트 공작을 존경하는 브로안이 그의 말에

먼저 반응했다.

"지금 뭐라고 그랬어! 너 이 새끼, 처음부터 마음에 들지 않았어! 오늘 지옥이 어떻게 생겼는지 확인할 수 있을 거야!"

"지옥? 정말 지옥으로 갈 수 있는 거야? 어서 지옥으로 보내줘."

미쳤다는 말 말고는 딱히 다른 말이 생각나지 않았다.

지금의 아드몬드는 정신병자 그 자체였다.

"브로안, 아드몬드가 가지고 있는 저 바늘을 빼앗아야 해. 저 바늘에 카인트 공작님을 중독시킨 독이 묻어 있어."

우리는 감옥 문을 열어 아드몬드에게 다가갔다.

족쇄에 몸이 구속되어 있는 상태였지만 아드몬드는 엄청난 힘으로 반항을 했다.

결국 고리의 기운을 완전히 개방해 그를 기절시킨 후에야 바늘을 얻을 수 있었다.

바늘의 성분을 확인하기 위해서는 연구원들이 필요하다.

하지만 연구소는 브루니스 왕국에 있었기에 나는 3명의 기사들을 데리고 악마의 탑으로 들어갔다.

사무드에게 얻은 아이템을 이용하면 원하는 장소의 악마의 탑으로 이동할 수 있다.

1층의 몬스터를 순식간에 학살해 버리고 곧장 브루니스 왕국의 악마의 탑으로 이동했다.

갑작스럽게 나타난 우리의 모습에 왕궁 사람들은 부산을 떨었지만 그들에게 관심을 줄 시간 따위는 없었다.

나는 한걸음에 연구소로 뛰어갔다.

"클린튼 백작님, 지금 당장 바늘에 묻어 있는 독성분을 알아내야 합니다. 카인트 공작님이 이 독에 중독되어 사경을 헤매고 있습니다."

"알겠네. 모든 연구원들은 하던 일을 멈추고 모여라."

독에 대한 지식을 가지고 있는 마법사들은 많지 않다. 하지만 이번에 전쟁을 대비해 치명적인 독을 만든 경험이 있었기에 우리 연구소에는 독에 대한 전문 지식이 있는 연구원들이 있었다.

그들은 밤낮을 가리지 않고 독을 연구했지만 독이 어떤 성분으로 만들어졌는지 알아내지 못했다.

어떻게 해야 할까.

좋은 방법은 없을까?

연구원들이 방법을 찾지 못한다면 내가 먹어보는 수밖에.

아이템이라면 충분히 내가 확인할 수 있지만 독은 시험해 본 적이 없다.

하지만 가능성은 있다.

독을 직접 먹어본다면 성분이 머릿속에 떠오를지도 모른다.

아이템을 만지면 그 아이템이 가지고 있는 능력이 표시되는 것처럼 말이다.

한 번도 해본 적이 없었기에 위험천만한 일이었지만 나는 독이 묻은 바늘을 혀끝에 대었다.

*　　　*　　　*

최진기에게 맞아 기절했던 아드몬드가 깨어났다.

그의 눈빛은 여전히 보라색으로 빛나고 있었다.

"지금쯤이면 진 자작도 독에 중독되어 있겠지. 아버지를 살리기 위해서라면 직접 독을 먹는 행동도 마다하지 않을 테니. 하지만 인간이 마계의 독을 이겨낼 수는 없다. 악마들도 감당하지 못하는 독을 어떻게 인간이 감당하겠어."

아드몬드는 다시 눈을 감고 누웠다.

보라색으로 빛나고 있는 눈은 그의 체력을 앗아 가고 있었다.

그는 천진난만한 미소를 지으며 신생아처럼 잠에 빠져들었다.

자신의 아버지가 죽어가고 있다는 것을 아는 사람이라면 저런 모습을 해서는 안 된다.

하지만 아드몬드는 죄책감을 전혀 느끼지 않고 오히려 즐거워했다.

그의 정신은 악마에게 완전히 지배당하고 있었다.

*　　　*　　　*

독이 혀끝이 닿는 순간 찌릿한 느낌이 들었다.

하지만 다른 반응은 느껴지지 않았다.

퍼플 티가 나한테는 부작용이 발생하지 않는 것처럼 이 독도 나에게는 영향이 없는 건가?

그렇게 생각을 하는 순간 심장에서 반응이 왔다.

검고 어두운 기운이 목을 타고 흘러가 심장으로 모여들었다.

이 기운이 독의 능력이구나.

독은 심장을 장악하려고 했다. 하지만 강대한 고리의 기운이 콧방귀를 뀌며 독의 기운을 제어했고, 장벽을 치듯 독을 가두었다.

거기서 멈추지 않고 고리의 기운은 독을 흡수하기 시작했다.

사방이 막혀 힘을 잃어가는 독은 블랙홀 같은 고리의 기운에 조금씩 몸을 내어 주고 있었다.

많은 양의 독을 흡입하지 않았기에 고리의 기운이 독을 완전히 흡수하는 데 오랜 시간이 걸리지 않았다.

그리고 독이 고리의 기운에 완전히 흡수되자 나는 독의 성분에 대해 알게 되었다.

[악마의 꿀]
등급 : B
내구성 : 10/10
순도 : 79%
악마의 꿀은 악마의 마기를 강하게 해주는 효능이 있다.
주성분은 타르나의 꽃에서 나오는 꿀이다.
타르나의 꽃은 악마의 탑 6층에서 서식한다.

시간이 없다. 독의 정체를 알게 되었으니 지금 당장 움직여야 한다.

악마의 꿀 덕분에 강해진 고리의 기운을 느끼지도 못한 채 기사 3명을 이끌고 악마의 탑으로 들어갔다.

아이템이 있기에 바로 6층으로 이동할 수 있었고, 다행히 안면이 있는 크레닌이 나를 기다리고 있었다.

"이번에는 낯선 인간이 많이 보이는군. 그래, 오늘은 무슨 일로 나를 찾아왔는가."

긴말을 할 시간은 없었다. 나는 당장 악마의 꿀에 대해 물었다.

"타르나의 꽃에서 나오는 악마의 꿀에 대해서 알고 계십니까?"

답답한 쪽은 나였기에 악마인 크레닌에게 존대를 했다.

그런 나의 모습이 마음에 드는지 크레닌은 웃으며 답변했다.

"알고 있다네. 악마들에게는 더없는 명약이지만, 인간은 감당하기 힘든 기운을 품고 있는 약이지. 보아하니 동료 중 한 명이 악마의 꿀에 중독되었나 보군."

"그렇습니다. 혹시 해독제를 가지고 계십니까?"

"악마의 꿀을 인간이 먹은 기록은 없다. 당연히 해독제가 있을 리가 없지."

해독제가 없다면 해독제를 만들어야 한다.

일단 타르나의 꽃을 찾아야 한다.

"타르나의 꽃이 어디에 피어 있는지 아십니까?"

"타르나의 꽃이라면 다행히 이곳에 피어 있다네. 저쪽에 보라색으로 피어 있는 꽃이 타르나의 꽃이라네. 손길이 닿으면 악마의 꿀을 뱉어내니 조심히 채취해야 될 걸세."

꿀을 뿜어내는 꽃이라.

이상했지만 악마의 탑에서 이상하지 않은 것을 찾기는 힘들었으니 꽃이 꿀을 뿜어내는 것이 당연하게 느껴졌다.

악마의 꿀이 나에게 큰 영향을 주지 않는다는 것은 알고 있지만 내가 흡입한 악마의 꿀은 극소량이었다. 만약 많은 양의 악마의 꿀을 흡입하면 위험한 상황에 빠질 수도 있다.

여기가 왕궁이었다면 크게 걱정하지 않았겠지만 여기는 악마의 탑이다.

옆에는 우리에게 우호적이긴 하지만 악마라고 적힌 이름표를 달고 있는 크레닌이 있다.

틈을 보여줘서는 안 된다.

고리의 기운과 문양을 극성으로 활성화시킨 후 악마의 꿀을 채취했다.

연구소에서 가지고 온 유리병 10개를 악마의 꿀로 가득 채우는 데 성공했다.

"그럼 이만 돌아가 보도록 하겠습니다. 다음에 보죠."

1분 1초가 아까웠고, 나는 바로 악마의 탑을 빠져나가려고 했다.

하지만 크레닌이 나를 붙잡았고, 나는 당연히 차갑게 반응했다.

동료가 없는 상황이었기에 나를 공격할지도 모른다는 생각도 들었다.

"왜 부르시는 거죠?"

"갑자기 말이 짧아졌군. 나는 해독제가 없다고 했지, 해독제를 만드는 방법을 모른다고는 하지 않았다네. 자네의 반응을 보니 해독제 제조법에 대해 관심이 없나본데. 그만 가보게나."

미친!

말장난도 정도껏 해야지. 사람을 가지고 노는 것도 아니고, 기껏 악마의 꿀을 채취했더니 해독제 제조법을 알고 있다고?

어쨌든 지금은 내가 기어야 할 때다.

카인트 공작을 계속 고통 속에서 몸부림치게 둘 수는 없다.

"제조법을 알려주십시오. 사례는 꼭 하도록 하겠습니다."

빈정이 상한 크레닌은 고개를 돌리며 말했다.

"인간이 악마한테 해줄 사례가 뭐가 있겠나. 그만 돌아가 보게나."

"필요한 것이 있으면 구해주겠습니다. 제조법을 알려주십시오."

최대한 나긋나긋한 목소리로 애원하듯이 말했다.

지랄 같은 악마 새끼.

급한 거 뻔히 알면서 시간이나 끌고. 카인트 공작이 정상으로 돌아오기만 하면…….

"지금 속으로 나를 욕하고 있는 건가? 얼굴에 쓰여 있다네. 자꾸 이런 식으로 나오면 도와주고 싶은 마음이 생기다가도 사라진다네."

"그런 적 없습니다. 저는 단지 크레닌 님이 얼마나 똑똑한

분인지 생각을 하고 있었습니다. 마계에서도 크레닌 님보다 지능이 뛰어난 존재는 없을 거라고 생각하고 있었을 뿐입니다."

"내가 자랑 같아서 말하지 않았지만, 자네 말이 맞다네. 마계에서 나보다 더 지능이 뛰어난 악마는 없지. 마계의 역사부터 악마들이 사용하는 능력까지 전부 알고 있다네."

크레닌이 듣고 싶어 하는 말을 계속해서 해주며 그를 살살 달랬다.

손에서 불이 날 정도로 비벼대고 나서야 제조법을 던져주는 크레닌이었다.

"딱히 사례가 필요하지는 않지만 굳이 사례를 해주겠다면, 한 가지가 있다네."

"무엇을 원하십니까?"

크레닌은 손을 들어 올려 나를 향해 손가락질을 했다.

사례로 원하는 것이 나라고?

나를 가지고 뭘 하려고?

음흉한 웃음을 짓고 있는 크레닌을 보고 있자니 그가 원하는 것이 예상되었다.

지금 나보고 몸을 팔라는 뜻이야?

인간 여자도 아니고, 늙은 악마한테?

절대 사양이다. 차라리 목숨을 걸고 싸우고 말지.

고리의 기운을 끌어올려 전투 준비를 했다.

"지금 무슨 생각을 하고 있는지는 모르겠지만, 내가 원하는 것은 자네의 기운을 연구하는 것일세. 자네의 기운은 매우 특이하다네. 인간의 기운과는 전혀 다른 기운이네. 오히려 마계의 기운과 매우 흡사하지. 자네와 같은 기운을 사용하는 악마를 본 적이 있다네. 자네의 기운은 내 호기심을 자극시킨다네. 지금은 바빠 보이니 유리병에 피를 담아주고 가게나. 다음에 내 연구를 도와주는 것을 잊지 말게나."

그 정도면 충분히 해줄 수 있다.

몸을 달라는 것이 아니라 연구를 도와달라는 것 정도라면 몇 번이고 해줄 수 있다.

나는 고리의 기운을 다시 고리 안으로 집어넣고는 유리병에 피를 담아 그에게 주었다.

"이제 진짜 가보겠습니다."

내 피가 든 유리병에 정신이 팔린 크레닌은 인사를 받지도 않고 안가로 이동했고, 나는 그에게 큰 관심을 두지 않고 곧장 왕궁으로 돌아갔다.

악마의 탑에서 나오자 많은 사람들이 나를 기다리고 있었다.

다른 사람이라면 그냥 무시하겠지만 아다드 왕이 직접 데빌 도어 앞에 나와 있었기에 지금의 상황에 대해 설명해 주어야 했다.

"신성제국과의 전쟁은 압도적으로 승리했습니다."

"그 내용이라면 통신 아이템을 통해 들어 알고 있다네. 아무런 피해 없이 신성제국군에게 압승했다니 정말 장하네. 그런데 갑자기 왕궁으로 돌아와 악마의 탑에 들어간 이유가 무언인가? 지금 전장에서 가장 바쁘게 움직여야 할 사람이 자네이지 않은가."

아직 카인트 공작에 대한 얘기는 듣지 못하셨나보네.

"현재 카인트 공작님이 중독되었습니다. 해독제를 찾기 위해 악마의 탑에 들어가야 했었습니다. 지금 해독제를 만들 방법을 알아내었습니다. 빠르게 해독제를 만들어 카인트 공작을 해독시켜야 합니다."

더 대화를 하고 싶어 하는 전하였지만 카인트 공작이 위독한 상태라는 말에 나를 놓아주었고, 나는 전하의 옆을 지키고 있는 클린튼 백작을 데리고 연구소로 들어갔다.

"유리병에 담긴 것은 악마의 꿀이라는 독입니다. 현재 카인트 공작님이 중독되어 있는 독이기도 합니다. 해독제를 만드는 제조법은 여기에 있습니다. 빠르게 제조를 부탁드립니다."

연구소의 모든 인원들은 하나로 뭉쳐 해독제를 제조하는 데 집중했다.

제조법이 있다고는 하지만 연구소에 없는 재료도 있었기에 재료를 구하기 위해 사방팔방을 뛰어다니기도 했다. 모든 재료를 구했고, 그때부터 나는 초조하게 연구원들이 해독제를 제조하기를 기다렸다.

그렇게 몇 시간이 흘렀다.

"해독제를 완성했습니다. 제조법에 적힌 내용 그대로 만들었습니다."

일단은 믿는 수밖에 없다.

만약 크레닌이 거짓으로 제조법을 알려주었다면……

죽지도 살지도 못하는 모습으로 평생을 고문할 것이다.

악마의 입에서 살려달라는 비명이 터져 나오는 것을 즐기며 짓밟을 것이다.

기사 3명을 대동하고 다시 카르닌 왕국으로 이동했다.

카인트 공작의 곁은 브로안과 스승님이 지키고 있었다.

"해독제를 가지고 왔는가?"

"그렇습니다."

나는 손에 꼭 쥐고 있던 해독제를 조심스럽게 꺼내 카인트 공작의 입에 떨어뜨렸다.

하지만 약을 삼킬 힘조차 남아 있지 않은 카인트 공작이었다.

브로안은 그런 모습에 참지 못하고 나섰다.

그는 해독제를 입에 가득 머금고는 카인트 공작과 입을 맞추었다.

성스러운 행위긴 했지만 눈살이 찌푸려지는 것은 어쩔 수 없었다.

브로안의 입을 가득 채웠던 해독제가 카인트 공작의 목을 타고 흘러갔고, 조금씩 카인트 공작의 안색이 밝아지기 시작했다.

여전히 정신을 차리지 못하고 있었고, 숨소리도 불규칙적이었지만 전보다 강해지고 있긴 했다.

"해독제가 효과가 있어요. 심장이 다시 뛰기 시작했어요."

브로안의 손은 카인트 공작의 옷을 파고들어가 직접적으로 심장 소리를 확인하고 있었다.

"이제 한숨 돌리겠네. 그런데 아드몬드를 어떻게 해야 하지. 완전히 미쳐버렸던데."

"차라리 지금 아드몬드를 죽이는 게 어때요? 카인트 공작님이 살아 계시면 손을 쓸 수가 없잖아요. 이전에는 동료였다고 하지만, 지금은 아버지를 죽이려고 했던 패륜아예요."

카인트 공작을 아버지처럼 생각하고 있는 브로안이었기에 격한 반응을 보였다.

나도 마음 같아서는 아드몬드를 죽여버리고 싶었지만 그렇게 할 수 없다.

아드몬드가 어떤 방식으로 악마에게 현혹되었는지도 알아

내어야 했고, 악마의 목적이 무엇인지도 알아내야 한다. 그러기 전까지는 강제로라도 아드몬드의 목숨을 붙여놔야 한다.

우리는 끼니도 거르고 카인트 공작이 깨어나기를 기다렸고, 아무도 안으로 들어오지 못하게 했다. 회복을 빠르게 하기 위해 천사의 눈물을 공작님의 몸에 로션처럼 발라주기도 했다.

그렇게 이틀이 지나자 공작의 눈이 움직였다.

"형님, 공작님이 깨어나시려고 하나 봐요."

공작은 아주 천천히 달팽이가 기어가듯이 눈을 떴다.

잠시 눈을 돌려 주변을 살핀 공작은 다시 눈을 감았다. 정신을 잃은 것이 아니라 생각을 정리하고 있는 것처럼 보였다.

카인트 공작은 다시 눈을 뜨며 입을 열었다.

메마른 그의 목소리에는 많은 감정이 묻어 있었지만, 그중 가장 큰 감정은 슬픔이었다.

"아드몬드는 어떻게 되었느냐?"

"현재 감옥에 갇혀 있습니다. 자해를 할 가능성이 있기에 사지를 완전히 묶어 두었습니다. 그리고 철저히 몸수색을 해두었습니다."

"그렇구나. 그가 왜 그렇게 되었는지 알아보았나?"

"입을 열지 않고 있습니다. 악마에게 정신을 지배당하고 있는 것이 분명합니다."

카인트 공작은 눈을 뜬 것을 기점으로 빠르게 몸을 회복했고, 반나절이 지나자 스스로 일어설 수 있을 정도로 회복되었다.

"감옥으로 가자꾸나."

아직 완벽히 몸이 회복되지 않은 공작이었지만 그를 말릴 수는 없었다.

더는 위험하지 않은 감옥이었지만 브로안은 방패를 치켜들고는 공작의 앞을 지켰다.

감옥에서는 여전히 아드몬드가 가면을 쓴 것 같은 미소를 하며 웃고 있었다.

"어라, 살아 있네. 이런, 혼나겠다. 죽이겠다고 약속했는데. 아버지, 아들을 생각해서 죽어주면 안 돼? 키키키."

아드몬드는 마치 꼬맹이가 된 것처럼 말했다.

"미치려면 곱게 미치든가!"

방패를 들고 씩씩거리는 브로안을 진정시켰다.

지금 아드몬드에게 들을 수 있는 말은 없다.

그렇다면 대상을 바꿔야 한다.

지금까지 석상처럼 전혀 움직이지 않고 있는 프란세스 추기경에게 눈을 돌렸다.

"프란세스 추기경님, 아직도 신탁이 진실이라고 믿고 계십니까? 아드몬드의 모습을 보고도 그렇게 믿으세요?"

추기경의 몸이 움찔거렸다. 내 말을 듣고 있는 것이다.

"교황이 받은 신탁이 신의 목소리가 아니라 악마의 목소리라고 생각되지 않으십니까? 신성력이 사라진 지금 신탁을 받을 수 있는 사제는 아무도 없습니다. 단지 인간의 정신을 파괴하려는 악마만이 있을 뿐입니다."

드디어 프란세스 추기경이 입을 열었다.

"이미 끝났다. 네 말대로 신탁이 악마의 목소리라고 한다고 하더라도 막을 수가 없다. 교황의 말은 절대적이고, 반하는 것은 신성모독이다. 신성제국은 이미 돌이킬 수 없게 되었다. 이번 전쟁에서 패배했지만 교황은 포기하지 않고 다시 전쟁을 일으킬 것이다. 단 한 명의 병사가 있다면 다시 전쟁을 일으킬 사람이 교황이다. 그는 신탁을 맹신하고 있다."

프란세스 추기경이 하는 말치고는 상당히 거칠었다.

교황에 대한 존경도 전혀 묻어 나오지 않았다.

"하지만 아드몬드를 제정신으로 돌아오게 하는 방법에 대해서는 감이 잡힌다. 교황이 신탁을 처음으로 받기 시작한 때가 이상하게 생긴 항아리를 곁에 두기 시작했을 때부터였다. 교황은 그 항아리를 자신의 방에 고이 두었지만 어쩐 일인지 전쟁이 벌어지기 하루 전 아드몬드에게 주었다. 아마 그 항아리에 단서가 있을 것 같다. 내가 해줄 수 있는 말은 여기까지다."

결국 아드몬드를 제정신으로 돌아오게 하려면 신성제국을

침공하는 수밖에 없다.

이미 신성제국은 새로운 전쟁을 준비하고 있을 것이다.

하지만 대부분의 신성제국군이 이번 전쟁에서 죽거나 포로로 잡혔기에 신성제국에 남아 있는 병력은 많지 않다.

지금이라면 동맹군의 힘만으로도 충분히 신성제국을 점령할 수 있다.

왕국이 제국을 공격하는 최초의 전쟁이 시작되려 했다.

Chapter 4

전쟁의 시작

신성제국과의 전쟁이 시작된다는 소문이 돌자 많은 국가들이 참전 의사를 밝혔다.

　신성제국은 가장 오랜 역사를 자랑하고 있는 국가였고, 영토 또한 그 어떤 국가보다 넓었다. 즉 큰 파이를 나눠 먹고 싶다는 뜻이었다.

　이미 한 번의 전쟁에서 전멸과 비슷한 패배를 한 신성제국이었고, 많은 국가들은 신성제국을 쉽게 보고 있었다.

　신성제국과의 전쟁은 우리 동맹군만으로도 충분히 승산이 있었다.

악마의 도움이 없다면 우리의 필승이다.

하지만 다른 국가들에게 파이를 나눠 줄 필요가 있다.

악마와의 전쟁이 다시 벌어지면 선두에는 신성제국 대신 우리 브루니스 왕국이 서야 했고, 원활한 지휘를 위해서라면 그들에게 이익을 나눠 줘야 한다.

채권과 은행을 통해 경제적으로 통제할 수 있다고는 하지만 그것만으로는 자발적으로 지원을 받을 수는 없다.

가장 먼저 출발했기에 동맹군은 다른 국가들보다 먼저 신성제국의 근처에 진을 형성했고, 속속들이 합류하는 국가들과 합쳐 세를 늘려갔다.

"아직 멀었는가. 일단 우리가 먼저 전쟁을 시작하는 게 좋지 않겠는가."

평소와 달리 전쟁을 재촉하는 공작이다.

그가 왜 이런 말을 하는지는 이해하고 있다.

아드몬드.

공작은 자신의 아들인 아드몬드를 하루라도 빨리 정상으로 만들고 싶어 했다.

그러기 위해서는 신성제국과의 전쟁에서 승리를 해야 했다.

신성제국은 아직 아무런 움직임도 보이지 않고 있었다.

우리가 자신의 근처에 진을 치고 있다는 것을 파악하고 있었지만 딱히 움직임은 없었다.

신성제국은 항상 신의 이름을 외치며 다른 국가들을 공격했다.

오랜 역사에서 신성제국이 방어하는 전쟁은 한 번도 없었다.

광신도와 전쟁을 하고 싶어 하는 국가가 있을 리 만무했고, 당연히 신성제국은 오랜 시간 동안 제국의 위치에서 내려다보았다.

그렇지만 이제는 다르다.

"먼저 전쟁을 시작하도록 하겠습니다."

카인트 공작의 뜻에 따라 전쟁이 시작되었다.

전쟁의 시작이라고는 하지만 당연히 전면전은 아니다.

사정거리의 우위를 가지고 있는 원거리 무기가 있는데 굳이 전면전을 할 필요는 없다.

열기구로 신성제국 안의 상황을 바라보며 투석기로 방벽을 부수고 병력이 집중되어 있는 곳에 아크타르를 떨어뜨렸다.

집중 포화를 하지는 않았다. 지금은 정조준을 통해 작은 투자로 큰 피해를 입히는 것이 좋았다. 다른 국가들이 도착하면 바로 전면전을 할 수 있게만 만들어 놓으면 된다.

다른 국가들은 너덜너덜해진 신성제국을 아귀처럼 뜯어먹기만 하면 되는 것이다.

그렇게 하루가 지났고, 다시 일주일이 지났다.

신성제국의 방벽에 큰 구멍이 군데군데 뚫려져 있었고, 병력들은 사방으로 흩어져 투석기의 공격에 피해를 줄이려고 하고 있었다.

본격적인 전쟁이 시작되기도 전에 진영이 무너지고, 방어도가 대폭 하락했다.

이제는 전쟁의 서막이 멀지 않았다.

*   *   *

신성제국 수도 사원.

전쟁의 패배가 가시기도 전에 시작된 방어전은 사제들의 얼굴에서 웃음을 빼앗아 갔다.

사원에서는 웃음소리를 전혀 들을 수 없었고, 서로의 과오를 탓하는 고성만이 오갔다.

하지만 교황의 앞에서 그런 모습을 보이는 이는 아무도 없었다.

가장 크게 잘못된 판단을 내린 교황이었지만 아직 그에 대한 믿음은 깨지지 않았다.

"역시 신탁이 맞았네. 브루니스 왕국은 악마의 힘을 빌리고 있는 것이 분명해. 그렇지 않다면 어떻게 신성 기사단을 이길 수 있단 말인가. 다들 저들을 물리칠 방법을 생각해 보았나?"

인자하고 항상 정중하게 말하던 교황의 말투는 전쟁이 시작된 이후 완전히 바뀌어버렸다.

모든 일에 조급해했고, 쉽게 화를 냈다.

신성제국의 교황이 보일 모습은 아니다.

회의장에 모인 사제들은 이번 전쟁의 승리를 위해 머리를 모았다.

하지만 방어전을 처음 접해 보는 그들이었기에 어떻게 전쟁을 치러야 할지 감도 잡지 못하고 있었다.

"신앙심이 가득한 신성군과 신도들이라면 충분히 전쟁에서 승리할 수 있습니다."

교황이 듣고자 하는 말이 아니었다.

전략과 전술은 하나도 없었고, 오로지 신의 도움만을 바라고 있는 사제들이다.

"그런 말은 동네 아이도 하겠네. 다들 머리를 왜 달고 있는 건가. 루세튼 신을 보기 부끄럽지도 않은가. 좋은 방법을 찾아내기 전에 회의실을 나올 생각도 하지 말게. 밥은 물론이고 물 한 잔도 마시지 말고 방법을 찾아내란 말일세!"

화를 내고 회의실에서 빠져나온 교황은 자신의 방으로 들어가 루세튼 신께 기도를 했다.

하지만 신성력이 완전히 사라진 그에게 신탁이 내려지지는 않았다.

왜 신의 목소리가 들리지 않는 거지.

전쟁이 시작되기 전만 해도 매일 밤 찾아왔던 루세튼 님의 목소리가 왜 더는 들려오지 않는 것인가.

교황의 머릿속에서 항아리가 떠올랐다.

신탁에 따라 아드몬드에게 준 항아리.

신과 연결해 주는 고리가 항아리라고 생각이 들자 교황은 방문을 거칠게 열고는 주인이 사라진 기사단장의 방으로 들어갔다.

아무도 지키는 이가 없었기에 기사단장의 방에서 항아리를 가지고 오는 것은 쉬운 일이었다.

항아리를 책상 위에 올린 교황은 무릎을 꿇었다.

"악마에게 영혼을 판 브루니스 왕국을 파멸시킬 방법을 알고 싶습니다. 신의 노예인 저를 버리지 말아 주시옵소서."

교황의 눈에서는 눈물이 하염없이 흘러내렸고, 머리에 피가 날 정도로 바닥에 머리를 박았다.

그런 그의 간절함이 통했던 걸까?

항아리가 검게 빛나기 시작했다.

해가 지려면 아직 시간이 남았지만 방이 어두워졌다.

촛불도 꺼진 방 안은 어둠에 휩싸였다.

교황은 어둠이 신의 내려오는 과정이라고 생각하고 더욱 간절히 기도했다.

"루세튼 신이시여, 가엾은 신도들을 버리지 말아 주시옵소서."

그의 간절한 기도에 항아리에서 목소리가 흘러나오기 시작했다.

꿈에서 수십 번도 넘게 들은 목소리다.

신의 목소리.

브루니스 왕국이 악마의 국가라고 알려준 그 목소리 말이다.

"브루니스 왕국과의 전쟁은 승리할 수가 없다. 이미 그들은 악마의 힘을 온전히 받아들였다. 그들을 막을 방법은 없다."

절망적인 신의 말이다. 전혀 예상하지도 못했던 말이 항아리에서 흘러나왔고, 교황은 혼란에 빠졌다.

"그러면 어떻게 해야 됩니까. 이대로 죽음을 맞이해야 하는 겁니까."

신의 목소리는 한참이나 들려오지 않았고, 방 안은 적막에 빠져들었다.

그러기를 30분.

드디어 신의 목소리가 다시 들려왔다.

"브루니스 왕국의 모두가 악마에게 영혼을 판 것은 아니다. 이번 전쟁은 패배하고 신성제국이 사라지지만 악마에게 영혼을 판 사람만 소멸시키면 나에게 구원을 받을 지어다."

교황은 다급히 말했다.

"악마에게 영혼을 판 사람이 누구입니까."

"카인트 공작, 그리고 진 자작. 그들을 죽여라. 머리를 자르고 몸속의 피가 한 방울도 남지 않게 만든다면 구원을 받으리라."

전쟁에서 승리하지 못한다면 구원이라도 받아야 한다.

죽음은 끝이 아니다. 새로운 시작이다.

그리고 구원을 받는다면 새로운 시작을 화려하게 할 수 있다.

신은 거짓을 모르는 존재다.

어느새 밝아진 방이었지만 교황은 여전히 눈을 감고 있었다.

그는 눈을 감으며 결심을 했다.

"진 자작, 그리고 카인트 공작은 반드시 죽인다."

교황은 이번 전쟁의 승리를 바라지 않았다. 신이 바라는 그 두 명의 죽음만을 생각했다.

*　　　*　　　*

전쟁 참전 의사를 밝힌 모든 국가가 모였다.

신성제국을 압도하는 병력이 한 번도 침략을 허용하지 않았던 방벽을 넘었다.

투석기에 큰 피해를 입은 신성제국군으로는 우리를 막을 수 없었다.

전면전을 예상했지만 신성제국은 우리와의 전투를 피하기만 했다.

버려진 부대를 사냥하며 전진했다.

외곽을 지나 중심지에 접어들자 엄청난 무리가 우리를 향해 무기를 들고 달려들었다.

─전방에 수만의 적들이 다가오고 있습니다.

열기구 위에서 정찰을 하고 있던 정찰병이 통신 아이템으로 연락을 해 왔다.

"수만의 신성제국군이 다가오고 있단 말이냐?"

그럴 리가 없다.

신성제국군에 수만의 병력이 남아 있을 리가 없다.

─그렇지 않습니다. 일반 신도들로 보입니다. 들고 있는 무기도 농기구나 주방 용품들입니다.

신성제국군은 아니다. 하지만 오히려 더 귀찮은 전투가 될지도 모른다.

신도들이라고 하지만 일반 시민들과 다르지 않다.

제대로 훈련을 받지 않은 사람들을 학살하는 것을 즐기는 사람은 없다.

아니, 없을 거라고 생각했다.

하지만 탐욕스러운 눈을 빛내고 있는 몇 명의 지휘관들이 서로 신도들과의 전투를 맡겨 달라고 애원하고 있었다.

공을 위해서였다.

조금이라도 더 많은 공을 세워야 많은 파이를 먹을 수 있다고 생각하는 그들이었기에 일반 시민들과의 전투를 바라고 있는 것이었다.

지저분한 전투를 하고 싶지는 않았기에 그들의 애원을 단숨에 들어주었다.

신이 나서 무기를 착용하고 신도들을 학살하는 군사들의 모습이 보였다.

"신성제국의 국민들이 광신도라는 말은 들었지만, 이 정도일 줄은 몰랐네요."

브로안도 잔인한 장면에 눈을 돌리며 말했다.

"이번 전쟁은 득보다 실이 더 많아. 신도들을 방패 삼아 도대체 무슨 짓을 꾸미고 있는 건지 모르겠어."

일방적인 전투가 벌어질 거라고 생각했지만 생각보다 신도들을 정리하는 데 오랜 시간이 걸렸다. 목숨을 아까워하지 않는 광신도만큼 까다로운 상대도 없다.

신의 이름을 외치며 농기구를 들어 올린 그들은 훈련받은 병사들에 의해 쉽게 제압되었지만 제압된 상태로도 좀비처럼 움직이며 한 명이라도 더 많은 병사들에게 상처를 입히려고 했다.

그리고 신도와의 전투는 이번이 마지막이 아니었다.

수도로 가까워질 만큼 더 많은 신도들이 우리를 향해 달려들 것이다.

어쩔 수 없는 전투였지만 거북했고, 역겨웠다.

* * *

드디어 수도의 모습이 보인다.

아름다운, 순백의 사원도 보인다.

하지만 여전히 신성제국군의 모습은 찾아볼 수가 없었다.

오로지 신도들의 끈덕진 저항을 받으며 수도에 입성했다.

공에 눈이 돌아간 국가들은 서로 더 많은 공을 세우기 위해 신도들을 학살했고, 신도들의 반항은 점점 줄어들었다.

땅에 흘려진 피가 얼마인지 감도 잡히지 않는다. 수도에 사는 모든 사람들이 달려들었다.

피가 강이 이루고, 피 냄새가 수도를 진동시켰다.

이러는 와중에도 신성제국군과 사제들은 사원 안에 숨어 있었다.

"전투가 끝났습니다. 이제는 사원 안으로 들어가면 됩니다."

초조한 심정으로 전투의 끝을 기다리고 있던 카인트 공작에게 말했다.

카인트 공작은 누구보다 먼저 사원을 향해 달려갔고, 그의 뒤를 동맹군의 병사들이 따랐다.

사원 안에 들어서자 그제야 신성군이 무기를 들이밀며 반항을 했다.

좁은 지형이라고는 하지만 압도적인 숫자의 차이에 그들은 제대로 된 반항을 하지 못했다.

훈련받은 병사들이라고는 하지만 기사단은 저번 전투에서 대부분 목숨을 잃었다.

동맹군이 보유하고 있는 기사단의 공격을 피할 수 있는 신성군은 없었다.

그렇게 신성군을 제압했고, 사원의 정문을 넘을 수 있었다.

"교황은 어디에 있는가!"

하얀 사제복을 입고 있는 사제의 목에 붉은 피가 흘렀다.

카인트 공작의 손에 조금이라도 힘이 가해지면 그 사제의 목은 땅으로 떨어질 것 같았다.

"회의실에 있습니다."

공포를 이기지 못하고 교황의 위치를 발설한 사제였다.

교황에게 절대적으로 충성을 하는 일반 신도들보다 못한

사제였다.

쑥!

카인트 공작의 검에 그의 목이 관통되었다.

억울한 눈을 하고 있는 사제였지만 카인트 공작은 그에게 전혀 관심을 주지 않았고, 그는 곧장 회의실로 달려갔다.

벌컥!

굳게 닫힌 회의실의 문이 열렸다.

그곳에는 무릎을 꿇고 기도하고 있는 사제들이 있었다.

수백 명의 사제들.

그들은 같은 기도문을 낭송하고 있었다.

신성하게 보여야 하는 장면이었지만 나에게는 끔찍하게 느껴졌다.

죽기 전에 외우는 장송곡처럼 들렸기 때문이다.

가장 높은 곳에서 기도문을 외우고 있는 사람이 교황 같았다.

카인트 공작은 무릎을 꿇고 있는 사제들을 지나 교황이 있는 곳을 향해 달려갔다.

*　　　*　　　*

"당장 일어나라! 더 이상 신은 없다. 더러운 망상에 빠져 무슨 짓을 저지르고 있는 것이냐!"

카인트 공작은 교황의 멱살을 잡고 일으켜 세웠다.

아드몬드를 치료할 방법을 찾는 것이 중요하긴 했지만 눈앞에서 수많은 신도들이 죽어가는 모습을 목격한 카인트 공작이었기에 교황을 보는 순간 눈이 돌아가 버렸다.

퍽!

교황의 얼굴이 돌아갔다. 카인트 공작은 체중을 실은 주먹을 교황의 얼굴에 날렸고, 제대로 된 아이템을 착용하지 않은 교황이 왕국 최고의 기사의 주먹을 맞고 견딜 수는 없었다.

주름졌지만 그래도 나이에 비해 멀쩡한 얼굴을 하고 있는 교황이었지만 카인트 공작의 주먹질 한 방에 이빨이 뭉텅 부러졌고, 그는 보기 흉한 얼굴이 되었다.

보통 이런 상황이면 사제들이 나와 말려야 한다.

그들이 신 다음으로 존경하는 교황이지 않은가.

하지만 사제들은 삶의 목적이 기도인 양 자리에서 일어나지 않았다.

교황의 이빨이 줄어드는 것은 전혀 신경 쓰지 않고 있었고, 우리의 존재를 무시하고 있는 듯한 느낌마저 받았다.

이들의 목적은 무엇인가?

정말 마지막을 신에게 하는 기도로 장식하고 싶어서일까?

그러지는 않을 것이다.

우매한 신도들이나 신에게 구원받는 것을 최종 목적으로 삼지, 권력을 가지고 있는 사제들이라면 기도보다 목숨이 더 중요하다는 것을 알고 있을 것이다.

누린 것이 많은 사람일수록 목숨을 소중히 여긴다.

교황도 마찬가지였다.

카인트 공작의 주먹 세례를 받으면서도 끊임없이 기도문을 낭송했고, 그의 입에서는 침 대신 피가 튀었다.

광신도들에게 시간을 낭비해서는 안 된다. 이들과 대화를 하는 것은 멍청한 판단이다.

교황의 목을 붙들고 있는 카인트 공작을 말렸다.

"지금은 아드몬드 기사단장을 정상으로 돌리는 데 집중해야 합니다. 항아리를 찾아야 합니다."

모든 원흉은 항아리로부터 시작되었다.

어떻게 생겼는지는 정확히 모르겠지만, 마계의 물건인 만큼 특별한 기운을 가지고 있을 거라고 예상하고만 있었다.

"형님! 혹시 저기에 있는 항아리 아닙니까?"

브로안의 말에 나와 카인트 공작이 동시에 돌아갔다.

교황이 기도를 드리던 석상의 바로 밑에 브로안의 얼굴만한 항아리 하나가 놓아져 있었다.

아름다움과는 거리가 멀어 보이는 항아리는 몬스터와 같은 기운을 풍기고 있었다.

고리의 기운을 가지고 있는 덕에 항아리의 기운을 알아차릴 수 있었지만 일반 사람들이 본다면 그냥 평범한 항아리로 느낄 것이다.

나는 당장 항아리를 향해 달려갔다. 카인트 공작도 교황을 아무렇게나 던져 놓고는 항아리를 향해 다가왔다.

항아리가 아이템이라면 내가 확인할 수 있다.

카인트 공작이 먼저 항아리에 손을 가져가려고 했지만 그의 손을 막고 내가 먼저 항아리를 들어 올리려고 했다.

카인트 공작은 불과 며칠 전만 해도 죽어가던 사람이었다.

마계의 물건은 왠지 모르겠지만 나에게는 큰 영향을 미치지 않았다.

퍼플 티가 그랬고, 악마의 꿀이 그랬다.

이 항아리도 마계의 물건이라면 나에게는 큰 영향을 미치지 못할 거라는 막연한 추측을 가지고 항아리를 집어 들었다.

항아리를 드는 순간 극심한 두통이 찾아왔다.

관자놀이를 몬스터가 몽둥이로 두드리는 것 같았다.

한 손으로는 욱신거리는 머리를 부여잡고, 다른 손으로는 여전히 항아리를 쥐었다.

항아리의 능력이 서서히 떠오르기 시작한다.

[악마의 은신처]
등급 : B
내구성 : 150/150
강도 : 3
순도 : 50%
악마가 인간계에서 힘을 유지하기 위해 거주하는 은신처.
항아리를 만지는 인간을 조종할 수 있다.

악마의 은신처?

예상대로였다. 항아리는 마계의 물건이었고, 악마가 있는 장
소였다.

모든 것이 아귀가 맞다.

이 항아리 안에 있는 악마가 교황의 정신을 지배해 전쟁을
일으켰고, 아드몬드를 악으로 물들였다.

어떻게 하면 항아리에서 악마를 불러올 수 있을까?

봉인된 것은 아니다.

이 항아리는 악마가 거주하는 장소다.

주인을 불러내기 위해서는 노크를 하는 것이 최선이지.

나는 항아리를 높게 들었다가 땅으로 던져 버렸다.

쇠로 만든 항아리답게 깨지지 않고 굴러다녔다.

그 순간이었다.

갑자기 신도들이 크게 기도문을 외우기 시작했다.

마치 마지막을 불태우는 나방의 날갯짓처럼 목소리를 높이는 사제들이었다.

그러고는 한두 명씩 입에서 피를 토하고 죽어갔다.

사제들의 이상행동으로 인해 발밑을 굴러다니고 있는 항아리에 신경을 쓰지 못했다.

"진 자작, 위험해!"

카인트 공작의 목소리에 그를 향해 고개를 돌렸다.

카인트 공작은 나를 향해 급히 뛰어오고 있었다. 그의 눈이 향하고 있는 곳은 내 발밑이었다.

항아리에서는 거대한 마기의 기운이 일어나고 있었다.

왜 미처 느끼지 못했을까! 사제들의 이상행동 때문이라고 하기에는 이상했다.

내가 항아리를 만졌기에 판단력이 흐려졌던 것일까?

나는 급히 고리의 기운을 폭발시켰고, 문양을 활성화시켰다.

하지만 마기가 나를 잡아먹으려고 하는 것을 피하기에는 조금 늦었다.

검은 안개 같은 기운을 피하기 위해 빠르게 뒤로 몸을 날렸지만 갈고리 같은 마기가 내 몸을 잡고 놓아주지 않고 있었다.

이대로 마기에 몸을 내주어야 하는가.

그 순간 내 뒤를 강하게 잡아채는 힘이 느껴졌다.

카인트 공작이다. 그가 내 몸을 붙잡고 있다.

마기의 힘과 카인트 공작의 힘 싸움이 한동안 계속되었지만 서서히 카인트 공작이 밀렸고, 나는 천천히 마기에 잠식당하고 있었다.

"몸을 피하게!"

카인트 공작은 나를 뒤로 강하게 집어 던지며 스스로 마기에 빨려 들어갔다.

마기는 새로운 목표물에 시선이 분산되었기에 나를 놓쳤다.

자신의 아가리에 들어온 사냥감을 잡아먹은 마기는 빠르게 항아리로 돌아갔다.

순식간에 일어난 일이다.

마기와 함께 공작님이 항아리 안으로 사라졌다.

다급히 항아리를 집어 들었다.

"다시 나와! 어서 공작님을 돌려줘!"

항아리를 집어 던지고 주먹으로 두드려도 봤지만 아무런 반응이 없었다.

새로운 사냥감이 필요하지 않은지 항아리는 굳게 입을 다

물고 있었다.

"형님, 진정하세요. 공작님을 찾으려면 냉정을 되찾으세요."

보다 못한 브로안이 내 몸을 잡고 흔들었다.

그래, 내가 홍분해서는 아무것도 하지 못한다.

일단 주변을 살피자.

교황을 제외한 모든 사제들이 죽어 있었다. 피를 토한 채 죽어 있는 그들의 얼굴에는 하나같이 미소가 번져 있었다.

혹시 사제들의 죽음과 항아리가 관련이 있는 것이 아닐까.

전에 외치던 기도가 신에게 하는 기도가 아니라 항아리의 악마에게 힘을 실어 주는 것이라면 지금의 상황이 이해됐다.

수백 명의 사제들의 목숨을 대가로 발동시킨 주문이라면 고리의 기운을 가지고 있는 나를 막는 것이 가능했을 것이다.

그렇다면 안에 있는 악마는 육체적인 계열보다 주문 계열의 악마일 가능성이 높다.

어떻게 된 일인지 자세히 알기 위해서는 교황이 입을 열어야 한다.

"브로안, 교황의 몸을 붙잡아."

브로안은 빠진 이빨 틈으로 피를 흘리고 있는 교황을 바로 세웠다.

진실 된 답을 듣기 위해서는 극심한 고통이 필요하다.

나는 한 번도 해본 적 없는 고문을 하려고 했다.

어떻게 하는 게 좋을까.

싹둑!

교황의 왼팔이 잘려 나갔다.

"으아아아!"

공작의 주먹에 정신을 잃었던 교황이 깨어나 비명을 질러대었다.

"어떻게 된 일인지 설명해. 편히 죽고 싶으면."

교황은 주변을 둘러보더니 비명 대신 크게 웃음을 터뜨렸다.

"하하하하하. 성공했구나. 진 자작, 네가 남은 것이 아쉽기는 하지만 카인트 공작을 없애 버렸구나. 나는 구원을 받을 지어다."

"구원 같은 소리 하고 있네. 똑바로 말하라고!"

교황의 머리채를 잡고는 손에 힘을 주었다.

고리의 기운이 문양을 따라 내 손에 강한 힘을 주었고, 가냘픈 교황의 머리 가죽은 내 손 힘을 견디지 못하고 천천히 두개골과 벌어지기 시작했다.

"으아아악!"

교황은 내 손을 잡고 웃음소리 같은 비명을 질렀다.

"나를 죽여라. 나에게 안식을. 나는 신의 곁에서 뜻을 이루리라."

"편히 죽을 수 있을 것 같아? 무슨 일이 있었는지 말하면 단칼에 죽여주마."

듬성듬성 구멍이 생긴 머리에서 피가 흘러나오고 있었고, 극심한 고통을 참지 못한 교황은 편안한 죽음을 위해 입을 열었다.

"신께서 말씀하셨다. 너와 카인트 공작을 죽여 구원을 받으라고 하셨다. 신께서 알려주신 기도문으로 너희를 죽일 수 있을 거라 하셨다. 두 명을 다 죽이지는 못했지만 악마에게 영혼을 판 카인트 공작을 죽였으니 나는 만족한다."

실성한 듯 말하는 교황이었다.

우리가 악마에게 영혼을 팔았다고? 나도 모르는 사이 악마에게 영혼을 판 적이 있던가? 그리고 카인트 공작까지?

그럴 리가 없다. 교황이 악마에게 속아 넘어간 것이다.

"악마에게 영혼을 판 사람은 우리가 아니라 너다. 어떤 신이 신도들의 목숨을 이렇게 잔인하게 앗아간단 말이냐! 이런 짓을 할 존재는 신이 아니라 악마라는 걸 왜 모르는 거야! 악마의 목소리가 그렇게 달콤했어? 신도들과 사제들을 죽일 정도로 말이야!"

"악마에게 영혼을 판 자의 말은 듣지 않는다. 약속대로 나를 죽여라."

여전히 악마의 목소리를 신탁이라고 생각하는 교황이었다.

그에게 아직 들을 말이 남아 있다.

"항아리에 갇힌 사람을 다시 빼내는 방법이 뭐냐!"

"그런 방법은 들은 적이 없다. 어서 나를 죽여라. 신께서 나를 기다리고 계신다."

완전히 미쳐 있는 교황을 상대로 대화는 소용이 없었다.

그가 원하는 대로 그의 목에 검을 들이밀었다.

"죽어서 볼 존재는 신이 아니라 악마겠지. 지옥에서 평생 후회하며 회개해라."

죽음이 다가오자 눈을 감고 얼굴에 미소를 띠우는 교황이었다.

그는 죽기 전의 얼굴이 죽음 뒤의 세상에서 유지된다고 생각했다.

그런 그의 모습이 보기 싫어 강제로 그의 얼굴을 일그러뜨리고는 교황의 목에 검을 찔러 넣었다.

악마에게 속아 넘어간 사람이었지만 다른 사람과 같은 검붉은 피를 쏟아내는 교황이었다.

"형님, 어떻게 해야 됩니까? 공작님을 찾아야 되지 않습니까. 그리고 아드몬드 기사단장도 돌려놔야 되잖아요."

위급한 상황에서는 나보다 오히려 브로안의 머리가 빨리 돌아갔다.

나는 여전히 분노에 휩싸여 머리가 굳어 있었다.

하지만 브로안의 말을 듣자 내가 어떻게 움직여야 할지 판단이 섰다.

이런 일에 도움을 줄 수 있는 사람은 악마의 탑에 살고 있는 악마 크레닌뿐이었다.

신성제국과의 전쟁은 동맹군의 압도적인 승리로 끝이 났다.

이후의 공치사는 굳이 필요하지 않았다.

통신 아이템을 통해 교섭에 능한 사람을 보내 달라고 브루니스 왕국에 요청했다.

*　　　*　　　*

나는 브로안 그리고 스승님, 마지막으로 부기사단장을 데리고 악마의 탑 6층으로 들어갔다. 언제부터인가 악마의 탑 6층에는 크레닌만 있었다.

다른 악마가 우리를 기다리고 있었던 적은 없었다.

그는 우리가 올 것을 예상이라도 하고 있었는지 웃는 얼굴을 하며 우리를 반겼다.

"한 명이 비는 걸 보니, 희생이 있었나 보군."

대략적인 상황까지 예측하고 있는 크레닌이다.

나는 크레닌에게 카인트 공작이 갇혀 있는 항아리를 내밀었다.

"여기에 동료가 갇혔습니다. 어떻게 하면 구할 수 있습니까."

"오호! 악마의 은신처로군. 악마라면 모두 가지고 싶어 하는 아이템이지."

항아리가 악마들의 워너비 아이템인 건 나와 전혀 상관없는 얘기다.

내가 듣고 싶어 하는 말을 하지 않는 크레닌에게 다시 물었다.

"구할 방법이 있습니까?"

"한 가지 방법이 있지. 항아리에 살고 있는 악마를 꺼내 죽이는 방법이 말일세."

"어떻게 하면 항아리 안에 있는 악마를 끄집어낼 수 있습니까."

"재촉하지 않아도 조만간 모습을 드러낼 걸세. 여기는 악마의 탑이지 않은가. 인간계와 달리 여기서는 온전한 힘을 사용할 수 있네."

크레닌의 말이 끝나기가 무섭게 항아리가 떨려왔고, 나를 집어삼키려고 했던 마기가 느껴졌다.

그때보다 강하지는 않았지만 동일한 종류의 기운이었다.

마기는 조금씩 항아리를 타고 흘러나와 하나의 형태로 변해갔다.

우리는 아이템을 착용하고 검은 형체의 악마를 포위했다.

기필코 공작님을 되찾아야 한다.

나를 대신해 항아리 속으로 공작님이 들어가셨다.

난 생명을 빚진 것이다.

빚을 갚기 위해서 무조건 악마를 소멸시켜야 한다.

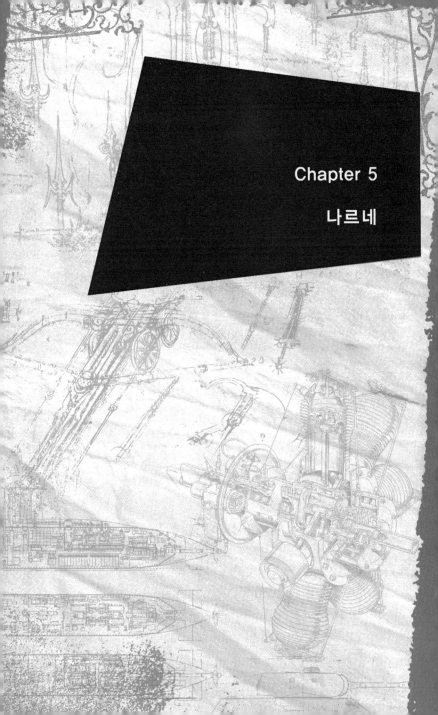

Chapter 5

나르네

검은 기운이 서서히 형태를 찾아 갔다.

하얀 피부와 대조적으로 검은 머릿결, 그리고 검붉은 입술까지.

내가 상상하는 악마의 모습 그대로였다.

악마는 눈을 감고 주변의 공기를 음미하듯이 들이마셨다.

쓰으읍! 하!

"역시 악마의 탑의 공기가 좋군. 인간계의 공기는 너무 가볍단 말이야."

소풍이라도 나온 것 같은 편안한 모습.

우리가 무기를 들고 포위하고 있지만 전혀 신경 쓰지 않는 모습이다.

악마의 탑이 자기 영역이라 저런 행동을 하는 거겠지.

"공작님을 내놓아라!"

방패를 앞으로 내밀며 브로안이 소리쳤다.

"공작님? 아! 그 늙은이를 말하는가 보군. 지금쯤 항아리에서 편안히 쉬고 있으니 걱정하지 말게. 포근한 침대에 있는 기분이라 나가기 싫다고 하더군. 그런데 여기는 악마의 탑 6층인가 보군. 오! 크레닌 님이 여기에 있었네요. 오랜만에 얼굴을 보고 인사드립니다."

크레닌과 아는 사이인가?

크레닌은 벌레 씹은 표정을 하며 그의 인사를 받았다.

"오랜만이군, 나르네."

나르네가 저 악마의 이름인가.

오랜만에 만난 저들이 인사를 하는 것을 지켜볼 시간은 없다.

항아리 안에서 공작님이 어떤 고통을 느끼고 있을지 모르는 상황이다.

"여유 부리지 마!"

고리의 기운으로 문양을 활성화시키고, 몸 구석구석 모든 혈관에 고리의 기운을 뿌리고 나르네에게 달려들었다.

나를 따라 브로안과 스승님도 움직였다.

부기사단장은 아이템의 질과 실력이 상대적으로 떨어졌기에 우리의 뒤에서 대기했다.

붉은 단도를 악마의 심장을 향해 내질렀다.

악마가 심장을 가지고 있는지는 모르겠지만 황급히 몸을 날려 단도를 피해내는 나르네였다.

하지만 내 단도를 피해 몸을 날린 곳에서 브로안이 방패를 들고 기다리고 있었다.

브로안의 방패는 이전보다 업그레이드되었다.

내가 직접 문양을 새겨 능력을 강화시켜 주었기에 방패는 이제 A급 아이템과 비등한 능력을 가지고 있다.

브로안의 육체적인 능력까지 %로 올려주는 방패였고, 브로안은 방패에 체중을 실어 악마의 몸을 밀쳐 내려고 했다.

악마는 브로안의 공격에 몸을 돌려 피하려고 했지만 브로안의 공격을 완전히 피해내기에는 육체의 균형이 깨져 있었기에 방패밀쳐내기 공격을 일부 허용하고 말았다.

"컥! 감히 인간 따위가 내 몸을 건드리다니. 죽지도 살지도 못하는 모습으로 만들어버리겠다!"

나르네의 몸에서 검은 마기가 용솟음쳤다. 아지랑이처럼 피어오른 그의 기운이 우리를 향해 마수를 뻗쳤다.

항아리에서 나온 기운. 공작님을 집어삼킨 그 기운이다.

하지만 사제들의 죽음으로 강화된 이전의 기운에 비하면 약한 기운이다.

그리고 왠지 포근한 느낌마저 드는 기운이었다.

왜 이 기운이 포근하게 느껴지는 걸까?

그래, 고리의 기운과 비슷해.

고리의 기운과 비슷한 성질을 가지고 있는 기운을 내뿜고 있는 악마다.

그렇다면 이 기운을 흡수할 수 있지 않을까?

터무니없는 생각이 떠올랐다.

실현 가능하다고 생각되지는 않았지만 나도 모르게 기운을 향해 가슴을 열었다.

마기를 향해 몸을 내밀었고, 모공을 통해 마기를 들이마셨다.

마기는 나를 사냥감으로 생각하고 몸으로 기운을 밀어 넣었다.

몸 안에서 고리의 기운과 만난 마기.

마기는 고리의 기운을 강하게 밀어내려고 했다.

몸의 새로운 주인이 자신이라고 외치는 듯한 모습이다. 하지만 고리의 기운은 손님에게 밀릴 정도로 약한 주인이 아니다.

성난 모습으로 달려드는 마기에 고리의 기운은 도망가지 않고 오히려 더 강하게 달려들었다. 기운과 기운이 충돌했다.

마기를 둘러싼 고리의 기운은 마기를 유린했다.

뺨을 때리듯 빠르게 마기를 훑는 고리의 기운이다. 그러기를 수차례, 마기는 고리의 기운에 흡수당하고 있다.

충돌하면 할수록 고리의 기운은 강해졌고, 마기는 작아졌다.

마기의 크기가 작아지자 고리의 기운은 게걸스럽게 마기를 흡수해 버렸다.

이제는 완전히 고리의 기운의 일부가 되어 버린 마기였다.

강해졌나? 마기를 흡수한 고리의 기운은 이전보다 확실히 강해졌다.

이질적인 기분이 들긴 했지만 기운이 강해진 것이 느껴졌다.

마기와 고리의 기운 간의 싸움은 길게 느껴졌지만 실제로는 몇 분 걸리지 않은 짧은 전투였다.

다른 사람들은 마기의 기운을 피해 몸을 날리고 있었다.

특히 가장 덩치가 큰 브로안은 많은 양의 마기에 휩싸여 있었다.

"브로안, 기다려!"

브로안을 구하고 마기를 흡수하기 위해서 나는 움직였다.

내가 흡수한 마기보다 많은 양의 마기였지만 그만큼 고리의 기운도 강해져 있었기에 충분히 흡수할 수 있다는 생각이 들었다.

브로안을 대신해 마기에 휩싸였고, 나는 몸을 열어 마기를 받아들였다.

마기는 자신을 피하지 않고 몸을 내주는 나를 만만하게 보고 있었다.

나를 지배하려고 들겠지.

아마 마기는 사람의 몸으로 침투해 악마의 노예가 되어 버리게 하는 능력을 가지고 있어 보였다. 그런 생각이 들자 아드몬드가 왜 정신이상자가 되었는지 이해가 되었다.

마기에 지배당해 패륜을 저지른 것이다.

마기는 확실히 인간이 감당하기 벅찬 기운이다.

하지만 고리를 가지고 있는 나는 다르다.

빠르게 내 몸에 침투한 마기는 다시 고리의 기운과 힘겨루기에 들어갔다.

마기와 고리의 기운.

승자는 이미 정해져 있다.

악마가 만들어낸 마기라고는 하지만, 3명의 사람에게 골고루 분배했기에 힘이 나눠져 있다.

온전한 마기였다면 흡수하기 벅찼겠지만 지금은 먹기 좋게 커팅되어 있다.

나를 만만하게 생각한 대가를 치르게 될 거다.

이전보다 강한 마기였지만 이번에도 어렵지 않게 고리의 기운에 흡수되었다.

스승님은 괜찮을까?

고리의 기운과 문양을 가지고는 있지만, 나에 비하면 약한 기운을 가지고 있는 스승님이다.

스승님은 마기에 휩싸여 힘겨운 싸움을 하고 있었다.

마기는 스승님의 몸을 지배하기 위해 침투하고 있는 중이었고, 스승님은 고리의 기운을 이용해 반항하고 있었다.

역시 나처럼 마기를 흡수하지는 못하고 있었다.

마기에 비해 고리의 기운이 약한 것이다.

"스승님, 제가 갑니다!"

스승님의 힘겨운 싸움을 지켜볼 수만은 없다. 좋은 제자는 아니지만 그래도 스승님을 이대로 둘 수는 없지 않은가.

스승님의 곁으로 가 많은 양의 마기를 몸으로 받아들였다.

마기가 나에게 집중되자 스승님은 상대적으로 적은 양의 마기와 싸우면 되었다.

"고리의 기운을 이용해 마기를 흡수해 보세요. 많은 양을 흡수할 수는 없지만 조금은 가능하실 겁니다."

스승님은 내 말을 듣고 머리 위에 물음표를 만들어 내었지만 곧 내 말을 이해하고 극소량의 마기를 몸으로 받아들였다.

스승님과 싸우던 마기를 모조리 흡수했다.

하지만 아직 스승님은 마기를 흡수하기 위해 안간힘을 쓰고 있었다.

고리의 기운이 감당할 수 있는 한계치만큼 마기를 받아들인 모습이다.

나는 스승님의 손을 붙잡고는 고리의 기운을 이용해 벅찬 마기 일부를 받아들였고, 그제야 스승님은 어렵지 않게 마기를 흡수했다.

내가 흡수한 기운에 비하면 극소량의 마기였지만 스승님은 매우 만족스러운 눈치였다.

"드디어 다음 단계로 넘어갈 수 있게 되겠구나."

스승님의 고리가 팽창했다.

저 단계, 무슨 단계인지 알고 있다. 다음 단계로 넘어가기 위한 고리의 변태 과정이다.

조만간 스승님은 꿈에도 그리던 노란색의 고리 기운을 가지게 될 것이다.

아직 보라색의 고리를 가지기에는 멀었지만 그래도 평생을 노력해도 이루지 못한 목표를 이루게 되는 것이다.

우리가 강해졌지만 그것에 만족할 수는 없다.

이번 전투를 하는 것은 강해지기 위해서가 아니라 공작님을 구하기 위해서다.

"지금 무슨 짓을 하고 있는 거냐!"

마기가 사라진 전장에서 홀로 화를 내고 있는 나르네는 소중한 장난감을 빼앗긴 아이의 모습이다.

"왜? 마기가 사라지니 겁이 나? 맛있는 기운을 가지고 있네. 더 없어? 없으면 죽어!"

마기를 이용한 조종술이 그의 능력의 전부라면 이제 그는 소멸을 맞이하게 될 것이다.

강해진 고리의 기운으로 한층 빨라진 속도로 그에게 달려갔다.

나르네는 많은 양의 마기를 소모했기에 움직임이 굼떠졌다.

내가 너무 빨라져서 그렇게 느껴지는 것인가?

나르네는 몸을 마기의 형태로 바꿔 나에게 벗어나려고 했지만 그건 오히려 나를 도와주는 행동이다.

인간의 형태를 하고 있을 때는 물리적인 타격 말고는 방법이 없지만 마기의 형태로 몸을 바꾸면 흡수가 가능하다.

맛있는 기운이 지천에 깔렸다.

몸을 급히 열어 주변의 마기를 흡수했다. 나를 피해 도망치려는 나르네를 쫓으며 마기를 계속해서 흡수했다.

야수를 피해 도망가는 초식동물처럼 이리저리 이동하는 마기였지만 나는 굶주린 상태다.

아무리 흡수해도 채워지지가 않는다.

"그만해!"

마기의 모습에서 다시 인간의 형태로 돌아온 나르네가 소리쳤다.

그의 얼굴은 이전보다 더 창백해져 있었고, 보라색의 입술로 그가 지쳤다는 것을 확인할 수 있었다.

"더 추악한 꼴을 당하고 싶지 않으면 공작님을 내놓아라."

마기를 더 빼앗기기도 싫고 공작을 내놓기도 싫어하는 나르네.

많은 양의 마기를 나에게 빼앗긴 나르네는 이제 5층의 마족보다 더 약한 힘을 가지고 있다. 이런 상대에게는 좋은 방법이 있지.

"브로안, 처리해."

브로안은 자신을 괴롭혔던 나르네를 벼르고 있었고, 내 지시를 기다리고 있었는지 말이 끝나기 무섭게 나르네의 머리를 방패로 후려쳤다.

마기가 충만한 상태였다면 쉽게 피했을 공격이었지만 지금은 브로안의 방패를 피할 수 없었고, 그의 머리는 좌우로 크게 휘청거렸다.

"감히 인간 따위가!"

"아직도 인간 따위라고 하네. 매가 약했나. 다시는 그런 말을 입 밖에 못 꺼내게 해주지."

브로안의 눈이 돌아갔다.

이거 위험한데.

브로안은 방패와 주먹 그리고 다리, 모든 것을 이용해 나르네의 몸을 두드렸다.

상위 악마의 능력을 가졌던 나르네였지만 마기가 없으면 조금 강한 몬스터에 불과했다.

그리고 브로안은 몬스터를 괴롭히는 능력이 매우 뛰어났다.

"얼굴은 창백해 가지고, 밥은 먹고 다니냐? 왜, 시종이나 할래? 밥은 먹여줄게. 대신 매일 매타작을 받겠지만."

브로안은 나르네의 존재 가치를 하락시키는 단어를 쏟아내었고, 나르네는 치욕스러운 표정으로 브로안의 공격에 신음소리를 내었다.

이제는 조금 불쌍하게 느껴지기까지 하는 나르네다.

하지만 브로안은 멈추지 않을 것이다.

나보다 더 공작님을 존경하는 브로안이었기에, 공작님이 돌아오지 않는 이상 그의 공격은 멈추지 않는다.

"공작님을 내놓으라고! 이대로 계속 맞고 싶어? 악마가 인간과 다른 성향을 가지고 있는 건 알았지만 맞는 것을 즐길 줄은 몰랐네. 그래, 한번 해보자. 네가 먼저 죽나, 내가 먼저 지치나 한번 해보자고!"

브로안의 공격은 더욱 거세졌다.

한 번도 쉬지 않고 내지르는 브로안의 공격에 나르네는 정신을 차리지 못하고 있었다.

그런 모습을 지켜보던 크레닌이 천천히 그의 앞으로 걸어가 말했다.

"그냥 인간을 항아리에서 꺼내 주게나. 같은 악마로서 보기 좋지 않네."

크레닌의 말은 나르네를 위로하는 것이 아니라 그를 더 깎아내리는 것이었다.

브로안의 공격을 받으면서도 보이지 않던 침울한 표정을 크레닌의 한마디에 보이는 나르네였다.

서로 아는 사이 같던데. 친한 사이는 아니었나 보군.

마치 숙제를 안 한 아이를 놀리는 것처럼 크레닌은 나르네를 놀렸다.

"그만해라! 항아리에 들어간 인간은 다시 나올 수가 없다! 내가 소멸하지 않는 이상 말이다."

지금 저 말을 왜 하는 거지? 공격을 그만해 달란 말인가, 아니면 죽여 달란 말인가?

소멸시키지 않는 이상 공작님이 돌아오지 못한다면 소멸시켜 버리면 된다.

"브로안, 비켜."

브로안은 내 의도를 파악하고 나르네의 뒤로 돌아가 그가 움직이지 못하게 포박했다.

공격받기 딱 좋은 모습을 하고 있는 나르네의 가슴에 붉은 단도를 박아 넣었다.

푹!

가슴에 박힌 단도 사이로 나르네의 마기가 흘러나왔다.

인간이 피를 흘리는 것처럼 마기를 흘리는 것이다.

그의 마기는 단도를 따라 내 몸에 흘러들어 왔고, 여전히 배고픈 고리의 기운은 마기를 흡수하기에 여념이 없었다.

나르네의 눈이 희미해지는 만큼 마기는 약해졌다.

"와치스 님이 너희를 용서하지 않을 것이다! 마왕의 부활이 멀지 않았다. 악마의 세상을 위하여……."

유언을 남긴 나르네의 모든 마기가 내 몸속으로 흘러들어 왔고, 나르네는 옷을 남긴 채 사라졌다.

마기가 사라지자 악마의 안식처인 항아리에 금이 가기 시작했다.

쨍그랑!

항아리가 깨졌다.

항아리가 깨지자 검은 기운이 스멀스멀 기어 나왔고, 기운의 안에서 공작님의 모습을 발견할 수 있었다.

"공작님! 괜찮으세요?"

아직 정신을 차리지 못한 공작님이었지만 여전히 심장은 뛰고 있다.

아직 죽지는 않은 것이다.

죽지만 않으면 어떻게든 살릴 수 있다고 생각했다.

하지만 그 생각이 잘못되었다는 것을 하루가 지나기 전에
깨달았다.

*　　　　*　　　　*

편안한 모습으로 누워 있는 카인트 공작이었지만 내 얼굴
은 일그러졌다.

옆에 있는 브로안의 눈에서 눈물이 하염없이 흐르고 있다.

"형님, 공작님이 다시 정상으로 돌아올 수는 없는 겁니까?
정말 이대로 공작님을 보내줘야 하는 겁니까?"

브로안의 질문에 나는 아무런 대답을 할 수 없었다.

브로안만큼이나 공작을 살리고 싶어 하는 사람이 나다.

나라고 왜 공작을 보내주고 싶겠는가.

처음 악마의 탑에서 나왔을 때만 하더라도 공작을 살릴 수
있다고 생각했었다.

생명력을 유지시켜 주는 아이템부터 천사의 눈물까지.

치명상을 입은 사람이라도 살릴 수 있는 아이템이 우리에
게 많이 있다.

하지만 그 모든 것이 효과가 없었다.

피골이 상접한 공작의 얼굴에 생기를 불어 넣어 주는 데는 성공했지만 그게 전부였다.

마기가 침투한 공작의 몸과 정신은 이미 붕괴되어 있었다.

차라리 식물인간인 상태가 더 나을지도 모른다.

하루에 고작 2~3시간 정도 깨어나는 공작이었지만 그 시간이 반갑지 않았다.

이제 공작님이 깨어날 시간이다.

천천히 눈을 뜨는 카인트 공작.

"키키키키. 죽어라, 다 죽어버려."

광기에 빠진 공작은 이미 인간의 감정을 잃어버렸다.

나와 브로안을 알아보지 못하고 있었고, 손에 닿는 것을 모두 부숴 버렸다.

그랬기에 나와 브로안이 공작의 수발을 들어야 했다.

다른 시종이나 시녀가 공작을 간호하는 건 매우 위험했다.

"제발 정신 좀 차리세요. 저 브로안이에요. 공작님이 아끼는 제자 브로안이라고요."

"난 너 같은 놈 모른다. 죽어라! 죽어버려!"

카인트 공작은 브로안에게 심한 말을 많이 하긴 했지만 지금처럼 분노를 담아 소리친 적은 없었다. 그러나 마기가 몸을 침투한 이후 모든 사람에게 분노를 표출했다.

카인트 공작을 정상으로 돌리기 위해 많은 방법을 찾았다.

악마의 탑에 들어가 크레닌에게 조언을 구해 봤지만 그가 한 말은 나를 더욱 절망에 빠지게 했다.

"마기에 침투당한 인간은 감정을 잃어버리네. 마기는 사람의 분노와 슬픔을 깨우고 다른 감정들을 잡아먹어버리지. 그만 그를 놓아주게나. 그런 모습을 유지하는 것은 그 사람에게도 못할 짓이네."

현재 공작의 상태가 좋아 보였지만, 사실 천사의 눈물을 하루라도 복용하지 않으면 버티지 못하는 상황이었다.

아무리 마기에 침투당해 미쳐 버린 공작이라고는 하지만 그를 놓아주는 선택을 할 수가 없었다. 어떻게든 살리고 싶었다.

하지만 그 방법은 찾을 수 없었고, 나와 브로안은 공작의 곁에서 그를 지키는 것밖에 할 수가 없었다.

우리가 그렇게 시간을 보내는 동안 신성제국은 여러 국가들에게 분해를 당했다.

넓은 영토를 원하는 국가들은 폐허로 변한 신성제국을 땅따먹기 하듯 금을 그어 차지했다.

전쟁에서 많은 신도들이 동맹군을 향해 달려들었기에, 신성제국에서 살아남은 사람은 많지 않았기에 오히려 영토를 점령하는 것은 수월했다.

신도들을 교화시키는 것보다 무에서 새로 시작하는 것이 더 쉬웠다.

이번 전쟁에서 가장 큰 이득을 얻은 국가는 당연히 우리 브루니스 왕국이다.

넓은 영토는 물론이고, 많은 재화를 배당받았다.

전쟁의 중심에 우리가 있었기에 그에 불만을 표하는 국가는 없었다.

오히려 우리에게 감사의 인사를 전했고, 더욱 굳건한 동맹을 원하는 국가들도 많았다.

카인트 공작이 없어진 지금, 동맹국들을 관리할 사람은 나뿐이었다.

하지만 지금은 공작의 곁에서 벗어날 수 없었기에 동맹 관련 협의는 연기되었다.

*　　　*　　　*

최진기의 피로 새로운 연구를 한창 진행하면서 바쁘게 보내고 있는 크레닌의 옆에는 홉블린 한 마리가 몸을 떨며 대기하고 있었다.

"누가 연락을 해온 거지? 아마 와치스겠군. 나르네가 이번에도 작전에 실패했으니 더욱 내가 필요하겠지. 하지만 내가 움직일 필요는 없지."

크레닌은 비웃음을 가볍게 던지고는 홉블린의 더듬이를 들어 올렸다.

그가 예상하는 대로 와치스의 목소리가 들려왔다.

[나르네가 이번에도 실패했네. 자네의 도움이 필요하네. 이 대로는 우리의 계획이 완전히 틀어지고 만다네.]

와치스의 목소리에 분노가 가득 담겨 있었다.

애가 탔군. 하지만 내가 와치스의 명령을 따를 필요는 전혀 없지.

크레닌은 마계에서 널리 알려진 친 마왕 파벌이었다.

마왕의 부활을 간절히 원하는 와치스와 같은 노선을 타고 있는 것이다.

하지만 크레닌은 무슨 이유 때문인지 와치스의 요청을 받아들이지 않고 있었다.

"알고 계시다시피 저는 이미 대부분의 능력을 잃어버렸습니다. 도움을 주고 싶지만, 제 능력으로는 오히려 해만 될 것 같습니다. 죄송합니다."

와치스는 크레닌에게 도움을 몇 번 더 요청했지만 크레닌은 매번 죄송하다는 말과 함께 그의 요청을 거절했다.

짧은 통화를 마치고 크레닌은 다시 홉블린의 더듬이를 내려놓았다.

"즐거움은 이제 시작인데, 벌써 망칠 수는 없지. 그럼 나는 하던 연구나 마저 해볼까."

크레닌은 와치스와의 대화를 완전히 머릿속에서 지워버리고는 연구를 진행했다.

*　　　*　　　*

공작이 침대에 누워 있은 지 보름이 지났다.

그동안 무수히 많은 선택의 기로에 빠져들었다.

더는 인간의 감정을 느끼지 못하고 있는 공작을 이대로 두어야 하는지, 아니면 편안한 안식을 주어야 하는지 수백 번넘게 고민했다.

브로안은 내 선택에 맡기겠다는 무책임한 말로 책임을 회피했다.

하지만 그를 탓할 수는 없다.

누구보다 공작님을 존경하고 따르던 그였기에 아무런 선택을 할 수 없는 것이다.

브로안은 공작의 옆을 한 치도 벗어나지 않고 눈물샘을 괴롭혔다.

"이제 공작님이 깨어나실 시간이다. 준비해."

공작님이 깨어나면 바빠진다. 처음에는 주변의 물건을 집어 던지거나 했었지만 이제는 자해를 하려고 했다. 주변에 보이는 날카로운 물건으로 자신을 찌르려고 했기에 침대 주위에 있는 물건들을 모조리 치웠다. 하지만 공작은 자해할 도구가 사라지자 자신의 손으로 목을 조르며 자해를 했다.

그런 행동을 막기 위한 준비를 해야 했다.

나와 브로안은 침을 꼴깍 삼키고는 공작님이 깨어나기를 기다렸다.

천천히 떠지는 공작의 눈.

그의 눈은 이전과 조금 달랐다.

광기만 가득했던 그의 눈에서 사람의 감정이 묻어 나왔다.

"내가 얼마나 이러고 있었는가?"

그토록 듣고 싶었던 공작의 목소리다. 분노와 슬픔이 가득한 목소리가 아닌 인간의 감정이 가득한 목소리 말이다.

"정신이 드셨습니까! 공작님!"

브로안은 공작을 바라보며 아기처럼 환한 미소를 지었고, 그의 눈에서는 더욱 많은 양의 눈물이 흘러내렸다.

"보름이 지났습니다."

"그렇군. 겨우 보름이었군. 나는 수백 년이 지난 줄 알았네. 너무도 힘든 시간이었네. 검은 기운에 잠식당한 후 나는 극심한 고통을 느꼈다네. 그리고 단편적으로 기억이 나네. 자네들에게 몹쓸 짓을 많이 했네. 미안하네."

"아닙니다. 이제 정신을 차리셨으니 다 괜찮습니다."

"아니네. 나는 알고 있다네. 다시는 정상적인 모습을 보이지 못할 걸세. 지금도 마기 때문에 자꾸만 분노가 치밀어 오르고 있다네. 이렇게 정상적인 대화를 하는 것도 오늘이 마지막일 것 같네. 이만 나를 보내주게. 그리고 아드몬드도 나와 같이 보내주게나. 그동안 자네들과 함께해서 행복했다네."

"아닙니다! 제가 무슨 수를 써서라도 원래의 모습으로 돌려 놓겠습니다. 포기하지 마십시오."

"고맙네. 하지만 이만 끝내고 싶네. 이렇게 시간을 허비해 서는 안 된다네. 악마와의 전쟁에서 승리하기 위해서는 더 집 중하고 노력해야 되네. 그만 나를 내려놓게나. 그리고 브로안, 북부의 검술을 제대로 배운 사람은 자네가 유일하네. 자네를 정식 후계자로 임명하겠네. 후학을 위해 힘써 주게나. 영지는 내 사촌동생 중 파인투 자작이라고 있으니 그에게 주면 나보 다 더 잘 운영할 걸세. 부디 악마와의 전쟁에서 승리하게나. 나는 다른 세상에서 자네들을 지켜보고 있겠네."

마지막 유언을 한 카인트 공작은 다시 눈을 감았다.

그리고 다시 눈을 떴을 때 그의 눈은 분노에 휩싸여 있었 다.

"다 죽어라! 아니, 날 죽여라! 죽여! 죽여!"

그런 카인트 공작을 더는 지켜볼 수 없었다.

"형님, 이만 공작님을 보내주세요. 괴로워하는 공작님을 더는 못 보고 있겠어요."

브로안은 내 손을 꼭 잡으며 말했다.

그의 손을 통해 그가 얼마나 떨고 있는지 느낄 수 있었다.

카인트 공작의 생명을 유지히기 위해 투여했던 천사의 눈물 대신 다른 약을 카인트 공작의 입에 물려 주었다.

가장 편히 보내줄 수 있는 방법이다.

내가 카인트 공작에게 해줄 수 있는 것은 이게 전부였다.

그에게 입은 은혜를 절반도 갚지 못했는데 이렇게 그를 보내주어야 했다.

만약 나르네의 마기에 내가 대신 들어갔다면 카인트 공작님은 살 수 있지 않았을까?

이제 와서 하는 후회는 아무런 도움이 되지 않는다는 것을 알고 있었지만 자꾸만 드는 생각을 떨쳐 낼 수 없었다.

*   *   *

카인트 공작과 아드몬드의 장례식이 국상으로 치러졌다.

수도에서 시작된 행렬은 북부 영지까지 진행되었고, 많은 국민들이 카인트 공작과 아드몬드의 죽음에 눈물을 흘렸다.

아드몬드도 카인트 공작과 같은 모습으로 숨을 거두었다.

그렇게 카인트 공작과 아드몬드를 북부의 영지에 묻어 두고 나와 브로안은 다시 수도로 돌아왔다.

공작이 부탁한 일을 이루기 위해서 말이다.

아직 악마와의 전쟁은 끝나지 않았다.

악마의 탑도 이제 겨우 7층을 돌파했을 뿐이다. 아직 3개의 층이 더 남아 있다.

카인트 공작과 아드몬드가 사라졌기에 악마의 탑을 돌파하는 게 더 부담되었지만 나르네의 마기를 흡수한 스승님이 고리를 변태시키는 데 성공했고, 나도 마기의 영향으로 한층 더 강해졌다.

하지만 이 정도로는 부족하다. 부기사단장에게 카인트 공작과 아드몬드가 사용하던 아이템을 쥐어 줬지만 그에게 큰 기대를 할 수는 없다.

하지만 브로안은 다르다.

그는 더 강해질 가능성을 가지고 있다.

카인트 공작을 잃은 후 강해지고 싶어 하던 브로안은 그 좋아하던 밥도 거르며 수련에 박차를 가했다.

하지만 육체의 수련만으로는 한계가 있다.

한계를 나보다 더 잘 알고 있는 브로안이었지만 슬픔을 이겨 내기 위해 몸을 괴롭히고 있다.

오늘도 수련장에서 하루를 시작하고 마감하려는 브로안에

게 찾아갔다.

"브로안, 그만해. 그런다고 해서 달라지지 않아."

"형님, 그런 말 하려면 가세요. 제가 강했다면 카인트 공작님을 그렇게 보내지 않았어요. 전부 제 책임이에요. 저는 지금 짐이 돼버렸다고요!"

브로안의 외침에는 슬픔이 잔뜩 묻어 있었다.

덩치에 비해 마음은 여린 아이가 브로안이다.

그런 그에게 나는 독한 방법을 제안할 생각이었다.

인간이라면 절대 참을 수 없는 고통스러운 방법을 말이다.

"강해질 방법이 하나 있어. 하지만 차라리 죽는 게 더 나을지도 모르는 방법이야."

강해질 수 있다는 말에 브로안은 방패를 내려놓고 나에게 다가와 무릎을 꿇었다.

"무조건 할게요. 죽는다 하더라도 형님을 원망하지 않을게요. 제발 더 강하게 해줄 방법을 알려주세요."

그의 간절함이 뼈에 사무치게 느껴졌다.

브로안을 보며 나도 독하게 마음을 먹었다. 최대한 냉정하게 감정을 내보이지 않고 말했다.

"네 뼈는 드래고니안의 뼈를 함유하고 있다는 사실을 알고 있지. 오러를 거부하는 특수한 능력을 가지고 있지. 하지만 드래고니안의 뼈도 아이템의 일부고, 뼈에 문양을 새겨 넣는다면 충분히 강해질 수 있어."

뼈에 문양을 새겨 넣는다. 몬스터의 뼈를 이용해 많은 아이템을 제작하고 있었기에 이미 수많은 경험을 가지고 있었다. 하지만 살아 있는 사람의 뼈에 문양을 새긴 적은 없다.

살아 있는 사람의 뼈에 문양을 새기기 위해서는 살을 갈라 뼈를 들어내야 한다.

생살을 자르고 뼈에 문양을 새기는 고통을 상상해 봤다.

상상만으로도 몸이 떨린다.

그런 행위를 브로안에게 할 엄두가 나지 않는다. 하지만 브로안을 강하게 하기 위해서는 그 방법뿐이었다.

악마의 탑을 카인트 공작 없이 공략하기 위해서는 브로안이 강해져야 한다.

"하겠습니다. 생살을 가르든, 날뛰는 심장을 뽑아내든 뭐든지 감수하겠습니다."

푹!

브로안은 단도를 꺼내 왼팔을 갈랐다.

얼마나 깊게 찔렀는지 순식간에 그의 옷이 붉게 물들었다.

극심한 고통이 느껴지겠지만 브로안은 외마디 비명조차 지르지 않았다.

고통을 나누고 싶다.

나는 브로안의 손가락에 반지를 끼워 주었다.

스승님과 수련할 당시 내가 느꼈던 고통을 브로안이 대신 느끼게 해주었던 그 반지 아이템이다. 다른 점이 있다면, 전에는 내 고통을 브로안이 느꼈다면 이번에는 그의 고통을 내가 대신 느낀다는 것이다.

반지를 착용하는 순간 머리가 멍해질 정도의 고통이 느껴졌다.

하지만 나는 정신을 잃을 수 없었다. 생살을 가른 브로안을 위해서라도 나는 그의 뼈에 빠르게 문양을 새겨 넣어야 한다.

떨리는 손에 고리의 기운을 밀어 넣어 진정시키고는 브로안의 뼈에 문양을 새겨 넣었다.

Chapter 6

아비규환 Ⅰ

장신구 따위는 한 개도 없는 투박한 방은 주인을 닮아 있었다.

가식과는 거리가 먼 브로안의 방이다.

브로안은 덩치에 맞게 특수 제작된 침대에 누워 있었다.

그의 몸은 붉게 물들어 있다.

천사의 눈물을 복용해 상처가 아물었다고는 하지만 생살을 자르고 문양을 새기는 작업을 맨정신으로 견딜 수 있는 사람은 없다.

"나도 힘들어 죽겠다."

브로안의 고통의 일부를 내가 받아들였다.

반지의 효능으로 고통의 일부를 받아들였지만 과다 출혈로 인해 브로안은 정신을 차리지 못하고 있었다.

고통은 정신력으로 극복할 수 있다.

정신력 강화 수련을 한 덕분에 나는 쓰러지지 않고 견딜 수 있었지만 참을 수 있다는 것이지 고통이 느껴지지 않는 것은 아니다.

이제 브로안은 인간의 한계를 뛰어넘었다.

이전에도 오러를 사용하는 기사에 밀리지 않는 브로안의 육체 능력이었지만 팔과 다리, 그리고 어깨까지 가능한 한 모든 뼈에 문양을 새겨 넣었기에 그의 능력은 이제 오러 마스터와 비등한 정도가 되었다.

정신을 차리지 못하고 있는 브로안의 옆을 하루 동안 지켰다.

브로안의 엄청난 재생 능력에 더불어 보호의 문양의 효과까지 더해지자 브로안은 빠르게 몸을 회복했고, 아침이 밝아오자 정신을 차렸다.

카인트 공작이 땅으로 돌아간 후 그는 수련에 미쳐 살았었다.

말 그대로 살과 뼈를 깎는 방법으로 강해진 브로안이 일어나면 무슨 말을 할지 혼자 생각을 해 봤다.

당장 악마의 탑으로 가자고 할까, 아니면 다시 수련장으로 뛰어갈까?

천천히 눈을 뜬 브로안은 실눈으로 나를 확인하고는 입을 열었다.

"형… 형님."

"그래, 브로안 이제 정신이 들어? 수고했어, 정말 수고했어."

"형님, 배고파요. 고기가 필요해요."

헐! 역시 브로안은 브로안이다.

수련에 미쳐 사는 것보다 식탐을 부리는 것이 낫긴 하지.

"그래, 내가 금방 사람을 시켜 음식을 가져오라고 할게."

밖에 대기하고 있는 시종을 시켜 주방에 있는 음식을 최대한 빨리 가져오라고 지시했고, 테이블을 가득 채울 정도의 음식들이 방 안으로 들어왔다.

허겁지겁 허기를 채우던 브로안은 내 팔뚝만 한 고기를 뜯으며 말했다.

"형님, 제가 얼마나 강해졌어요? 아직 그렇게 실감이 나지 않는데요."

"밥을 다 먹고 나가자. 얼마나 강해졌는지 확인해야지."

브로안은 엄청난 속도로 남은 음식을 입으로 우겨 넣었다.

그릇들은 처음부터 음식을 담지 않은 것처럼 흰 속살을 자랑했다.

우리는 바로 수련장으로 이동했다.

수련장에 도착한 우리는 바로 확인 작업에 들어갔다.

"간단하게 몸을 풀어."

브로안은 가볍게 자기 몸만 한 바위를 들어 올리며 몸을 풀었다.

개인 수련장이었기에 망정이지 다른 기사들이 이 모습을 봤다면 의욕이 땅끝까지 떨어졌을 것이다.

준비운동을 마친 브로안이었고, 이제는 그의 실력을 확인할 차례가 되었다.

"바로 확인해 보자. 방패를 들어."

실전만큼 좋은 확인 방법은 없지.

일단은 가볍게 고리의 기운을 절반만 사용해 문양을 활성화시켰다.

이 정도 공격은 이전의 브로안이라도 충분히 막을 수 있다.

깡! 쿵!

브로안의 방패에 막혀 내 공격은 전혀 통하지 않았다.

"이제 강하게 간다."

고리의 기운을 80% 정도를 끌어 올렸다.

고리의 기운을 가득 담은 문양에 의해 몸이 가벼워졌고, 공격은 무거워졌다.

5층의 몬스터를 한 방에 보낼 정도의 힘이 담겨 있는 공격이었지만 브로안은 그런 나의 공격을 몸으로 받으며 반격했다.

이거 조금 자존심 상하는데.

아무리 80%의 능력이라고는 하지만 이렇게 무시 받을 정도의 공격은 아니었다.

어느새 실력을 확인하기 위한 대련이라는 생각은 머릿속에서 지워졌고, 나는 고리의 기운을 전부 끌어 올렸다.

바람을 가르며 들어가는 주먹을 브로안은 어깨 근육만을 이용해 흘려보내고는 방패의 날을 옆으로 세워 나를 공격했다.

나는 몸을 급히 숙여 브로안의 공격을 피했다.

하지만 공격은 거기서 끝이 아니었다. 전이었다면 연계 공격을 하지 못했던 브로안이었다. 방패의 무게도 무게였고, 방패에 체중을 실어 공격을 했기에 다음 공격을 하기 전까지 공백이 존재했었다.

하지만 뼛속에 새긴 문양 덕분에 그 공백이 사라졌다.

200㎏이 훌쩍 넘는 방패를 지푸라기 휘두르듯이 사용하는 브로안의 공격은 확실히 강했다. 방어력만이 강해진 것이 아니라 공격력도 상승한 것이었다.

방어에 특화되어 있지만 공격까지 가능해진 브로안이라면 악마의 탑에서 더 큰 능력을 발휘할 수 있다.

"그만하자."

"벌써요? 조금 더 확인해 보고 싶은데요."

열기가 식지 않은 브로안은 계속해서 대련을 하고 싶어 했지만 더 하다가는 둘 중 하나가 크게 다칠 게 분명했다.

"주변을 보고 말해."

우리가 대련했던 수련장은 초토화가 되어 있었다.

브로안이 막았던 내 공격에 의해 만들어지는 바람만으로도 바닥의 흙이 흩날렸고, 브로안의 방패 공격은 땅에 웅덩이를 만들었다.

"언제 이렇게 됐지?"

머리를 벅벅 긁으며 순박한 웃음을 짓는 브로안이다.

그런 브로안을 보며 한 가지 다짐을 했다.

너는 내가 무슨 일이 있어도 카인트 공작과 아드몬드처럼 보내지 않게 하마.

죽어도 같이 죽는다.

*   *   *

신성제국과의 전쟁으로 인해 나아가지 못했던 악마의 탑을 이제는 다시 공략해야 했다.

스승님이 포함되긴 했지만 부기사단장의 무력이 큰 도움이 되지 않기에 우리 3명이서 악마의 탑을 공략해야 했다.

부기사단장은 몸을 피하고 살아남아 주는 것만으로도 충분했다.

이전에 비해 몇 단계 더 강해진 우리들이었기에 악마의 탑을 공략할 자신이 있었다.

악마의 탑 7층까지 공략했을 때보다 지금 우리 3명의 무력이 상대적으로 더 강했다.

악마의 탑 8층에 어떤 악마가 있을지는 모르겠지만 충분히 상대할 수 있다고 판단되었고, 우리는 데빌 도어 안으로 들어갔다.

아이템을 이용해 1층부터 5층까지를 뛰어넘어 바로 6층으로 들어갔다.

거기에는 항상 그랬듯이 크레닌이 우리를 기다리고 있었다.

"이제 왔는가. 생각보다 늦었군."

우리를 기다리고 있었나? 심심했었나?

크레닌이 우리를 기다린 이유가 선뜻 생각나지 않았다.

하지만 크레닌의 말에 머리를 두드려야 했다.

"자네의 피로 실험을 한 결과물이 1차적으로 나왔다네. 자네는 궁금하지도 않았는가?"

그랬다. 나는 내 피가 담긴 유리병을 크레닌에게 주었었고, 크레닌은 내 피를 이용해 연구를 한다고 했다.

내가 인간치고는 비정상적으로 강하기는 하지만 고리의 기운 덕분이었고, 피를 연구한다고 해서 결과물이 나올 거라고는 생각하지 않았기에 기억 속에서 지웠던 것이다.

그래도 일단은 궁금한 척은 해야겠지.

최근에 일어났던 문제들에 큰 도움을 주었던 크레닌이었다.

그는 은근히 속이 좁았고, 말실수라도 하면 삐질지도 몰랐다.

우리와 반대편에 속해 있는 크레닌이었지만 그의 도움이 언제 다시 필요할지 모르기에 그와 친하게 지내는 편이 좋았다.

"결과가 어떻게 나왔습니까?"

잠시 입꼬리를 올리며 불만을 표하는 크레닌이었지만 결과물을 말하고 싶은 과시욕에 불만을 접어 두고 결과에 대해 말하기 시작했다.

"자네의 피는 인간의 피와는 확연히 다르네. 자네가 가지고 있는 기운 덕분이겠지만 인간의 보유하고 있는 고유의 패턴과 전혀 다른 방식을 띠고 있다네. 인간보다 오히려 마족과 흡사한 부분이 있다네."

"마족과 흡사하단 말이에요?"

나도 그런 생각을 해본 적은 있었다. 퍼플 티의 부작용을 전혀 느끼지 않았기도 했고, 마계에서 나오는 여러 약에도 부작용이 없었다.

하지만 직접적으로 이런 말을 들으니 조금 혼란스럽긴 했다.

그리고 나와 같은 반응을 보이는 사람이 또 한 명 있었다.

나와 같은 고리의 기운을 가지고 있는 스승님이 크레닌에게 말을 꺼냈다.

"나도 같은 기운을 가지고 있소. 그러면 나도 마족과 비슷한 피를 가지고 있소?"

"그건 연구를 해 봐야 알 것 같네만, 자네의 피도 여기에 담아 보게나."

스승님은 아무런 의심도 하지 않고, 크레닌이 건넨 병에 자신의 피를 담았다.

"다른 결과는 나오지 않았습니까? 단지 마족과 비슷한 패턴의 피를 가지고 있는 것 말고는 다른 결과는 없나요?"

나에게도 유리병 하나를 건네는 크레닌에게 다른 결과물에 대해 물었다.

"시간이 부족해 거기까지밖에 알아내지 못했네. 추가 연구 자료도 없었으니 다음에는 더 많은 결과가 나올 것이네. 악마의 탑 8층을 공략할 생각인가? 수고하게나."

나와 스승님의 피가 담긴 유리병을 양손에 든 크레닌의 눈에는 연구욕이 불타오르고 있었고, 우리가 어서 7층으로 올라가기를 바라고 있었다.

"최대한 빨리 들르도록 하겠습니다. 그러면 다음에 뵙죠."

무혈입성. 6층은 항상 전투 없이 통과할 수 있는 징검다리였다.

그렇게 우리는 악마의 탑 7층으로 다시 올라갔다.

처음으로 카인트 공자과 아드몬드가 없이 악마의 탑 7층으로 향하는 것이다.

*　　　*　　　*

크레닌은 유리병이 담긴 두 명의 피를 보며 희미한 미소를 짓고 있다.

그는 자신의 연구 장비를 꺼내며 중얼거렸다.

"마족의 피와 비슷한 패턴을 가지고 있는 것뿐이 아니지. 내 생각이 맞다면 마왕을 대신할 매개체가 될 수 있겠군."

크레닌이 무슨 생각을 하고 있는지는 그 말고는 아무도 모르고 있다.

마왕의 가장 측근에서 모셨던 그였기에 마왕에 대해서 그 누구보다 더 잘 알고 있는 크레닌이다. 마왕의 피로 연구를 진행한 유일한 악마이기도 했고, 마왕의 강대한 힘에 많은 지분을 가지고 있는 그이기도 했다.

그런 그가 무언가를 꾸미고 있다.

크레닌이 최진기 일행에게 도움이 될지, 아니면 약점이 될
지는 시간이 지나 봐야 알 수 있다.

*   *   *

악마의 탑 7층에 도착했다.

어떤 종류의 능력을 가지고 있는 악마가 나올까.

이전에는 정신계 능력을 사용하는 악마가 가장 상대하기
까다로웠지만, 구슬에 갇힌 악마의 도움으로 정신력 강화 수
련도 꾸준히 했기에 이제는 정신계 능력을 가진 악마가 까다
롭지 않았다.

어떤 능력을 가지고 있는 악마든 상관이 없었다.

공기가 급변한다. 악마가 우리를 발견하고 다가오고 있는
것이다.

물속에서 움직이는 것처럼 몸이 무겁게 느껴진다.

실제로 압력이 강해지는 것은 아니다. 단지 악마가 뿜어내
는 위압감에 몸이 무겁게 느껴진다.

빠르게 우리를 향해 다가오고 있는 악마의 모습은 이전에
만났던 악마들과는 많은 차이가 있었다.

보통 악마들은 인간과 흡사한 모습을 하고 있었다.

하지만 이번 악마는 이상한 모습을 하고 있다.

두 개의 다리를 가지고는 있지만 다리에는 털이 수북했고, 왕궁을 지탱하는 기둥과 비슷한 크기였다. 그리고 머리에는 두 개의 뿔을 달고 있었다. 수북한 털로 얼굴을 가리고 있는 악마의 얼굴은 야수의 얼굴이었다.

"크아아앙!"

우리와 대화할 생각은 전혀 없는지 악마는 바로 우리를 향해 달려들었다.

엄청난 크기의 발을 빠르게 움직일 때마다 바닥이 진동했다.

"제가 먼저 막을게요. 저돌적인 놈이네요. 오랜만에 힘 좀 제대로 사용해 보겠네요."

브로안이 방패를 들고 우리의 앞을 가렸다.

문양으로 인해 강해진 브로안은 자신의 실력을 제대로 실험해 보고 싶어 했다.

그랬기에 악마의 돌진을 정면에서 맞섰다.

쿵!

악마의 몸과 브로안의 방패가 만났다.

브로안은 악마의 공격에 물러나지 않았다. 아니, 오히려 악마가 뒤로 물러나고 있었다.

"다들 뭐 하세요. 구경만 할 생각이세요?"

브로안의 말에 나는 움직였다.

온통 정신을 브로안에 집중하고 있는 소머리 악마였기에 허점투성이였다.

고리의 기운을 폭발시켜 몸을 빠르게 만들었고, 나는 소머리 악마의 뒤로 돌아가 그의 등에 검을 찔러 넣었다.

관통력 상승 효과를 극대화할 수 있는 능력을 내포하고 있는 검이었기에 단숨에 악마의 등에 검을 깊숙이 쑤셔 넣을 생각이었다.

하지만 악마의 등껍질은 생각보다 강했다.

손톱 크기의 생체기만을 만들고는 물러났다.

악마의 가죽이 두꺼워 검이 들어가지 못한 것이 아니라 단단한 근육이 검을 밀어내었다.

따끔거리는 등이 신경 쓰이기는 했지만 여전히 브로안과의 힘 싸움을 계속하고 있는 악마다.

이런 상대에게는 무식하게 힘으로 상대해서는 같은 부류가 되어 버린다.

무식하게 힘만 쓰는 그런 부류 말이다.

드래곤의 보관 상장에 보관되어 있는 유리병 하나를 꺼냈고, 유리병에 담긴 액체를 검끝에 묻혔다.

우리 연구소에서 심혈을 기울여 만든 독약이다.

한 방울만으로도 거대한 몬스터를 죽일 수 있을 정도의 독을 검끝에 잔뜩 묻혔다.

나는 다시 소머리 악마의 뒤로 돌아가 같은 부위에 검을 찔러 넣었다.

　조금 벌어져 있었기에 전보다 더 깊게 검이 들어갔다.

　독이 발라져 있는 부분이 충분히 파고들었다.

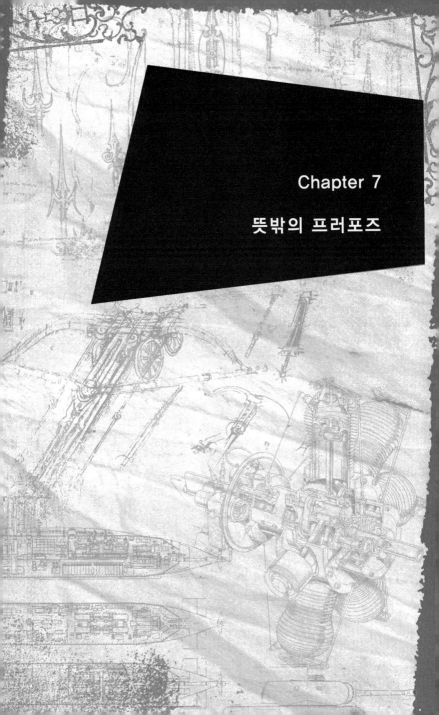

Chapter 7

뜻밖의 프러포즈

6층의 주인이었던 소머리 악마는 사라졌다.

독에 중독된 악마의 움직임은 현저히 느려졌고, 브로안이 효율적으로 악마의 움직임을 봉쇄했다. 나는 찌른 데 또 찌른다는 마음으로 한곳만 후벼 팠다.

엄청난 재생력과 방어력을 가지고 있는 악마였지만 독의 영향으로 재생력이 느려졌고, 검은 점점 더 깊은 곳으로 들어가 악마의 숨통을 끊어버렸다.

이번에도 악마는 구슬에 봉인되었고, 구슬을 보관 상자에 집어넣었다.

생각보다 쉽게 끝났다.

하지만 우리가 가장 힘겹게 상대했던 브라운보다 더 강한 악마였다.

그만큼 우리의 능력이 강해진 것이다.

이제는 7층의 악마마저도 어렵지 않게 상대할 수 있다.

선택의 시간이 왔다.

"8층에는 어떤 악마가 있을지 궁금하네요. 어서 가죠."

내가 할 말은 선수 치는 브로안이었다.

하여튼 덩치에 비해 입이 가볍다니까.

먼저 데빌 도어에 앉아 있는 브로안을 따라 우리도 데빌 도어에 자리를 잡았다.

그렇게 우리는 8층으로 향했다.

8층에 도착해서 가장 먼저 느낀 것은 추위였다.

춥다. 고리의 기운이 몸을 보호하고 있었기에 열기와 냉기에 저항력이 강했지만 살을 파고드는 냉기에 몸이 움츠러든다.

몸에 열을 내기 위해 괜히 팔을 좌우로 흔들며 8층의 주인을 기다렸다.

다른 사람들은 나보다 더 추위를 느끼는지 제자리에서 뜀박질을 하며 추위를 이겨내고 있었다. 우리 중에 유일하게 브로안만이 추위를 느끼지 않았다.

두꺼운 갑옷과 안에 껴입은 방어 아이템 덕분이기도 했지만 선천적인 능력이 추위를 이겨내고 있었다.

"형님, 우리가 가야 되는가 본데요. 8층의 악마는 부끄러움을 많이 타나 봐요."

브로안은 8층에 도착한 지 몇 분이 흘렀지만 악마가 모습을 드러내지 않자 찾아 나서려고 했다. 그런 브로안을 제지했다.

"전방에 눈보라가 보이지? 거기에 악마가 있어."

우리를 향해 천천히 다가오고 있는 눈보라에서 악마의 기운이 느껴진다.

이전이라면 느끼지 못할 악마의 기운이었지만 고리의 기운이 강화되고 난 뒤부터 악마의 기운이 느껴졌다.

악마의 기운은 고리의 기운과 비슷한 기운을 하고 있었지만 조금 달랐다.

그의 기운에는 냉기가 가득 묻어 나온다.

이번 악마는 냉기를 능력으로 사용하는 악마인 것 같은데.

냉기에는 어떤 방식으로 싸워야 하지?

육체 능력이나 정신계 능력을 사용하는 악마와는 전투를 해본 적이 있지만 이렇게 자연계 능력을 사용하는 악마와의 전투는 처음이다.

몬스터 중에서 불덩이나 물을 이용한 공격을 하는 놈들도 있었지만 그들의 공격은 그렇게 강하지 않았고, 충분히 방어를 하면서 상대할 만했다.

하지만 이번 상대는 악마다. 몬스터와는 비교도 되지 않는 능력을 가지고 있는 악마다.

그런 악마가 자연계 능력까지 사용한다.

확실히 8층의 주인이 될 만한 자격을 가지고 있다.

우리를 향해 다가오던 눈보라가 멈췄다.

눈송이가 땅에서 하늘로 내리기 시작한다. 그리고 허공에서 눈송이들이 뭉친다.

"요란하게도 등장하네. 그냥 나오면 될 걸 왜 저런 연출을 하나 몰라."

부기사단장은 처음 보는 광경에 잔뜩 긴장을 하고 있었지만 브로안을 비롯한 우리는 악마가 연출하는 광경을 무미건조하게 지켜봤다.

악마의 탑을 한두 번 공략한 것도 아니고, 저런 장면에 이제는 놀라기는 너무 때가 탔다.

눈송이가 모여 아리따운 꽃송이가 되었다.

눈꽃처럼 아름다운 모습을 하고 있는 악마.

오랜만에 만나는 여성체 악마였다.

정신계 능력을 사용하던 여성체 악마가 육감적인 몸매로 매력을 뽐냈다면 이번 악마는 도도하면서 청순한 매력을 가지고 있었다.

"여성체 악마는 미모 순으로 뽑나 봐요. 하나같이 인간계에서 찾아보기 힘든 미모를 가지고 있네요."

악마를 본 브로안의 소감이었다.

요즘 들어 결혼을 하기 위해 선을 보고 다니는 브로안이었기에 그는 여자를 보면 가장 먼저 평가를 했다.

브로안, 넌 모르겠지만 이미 너의 결혼 상대는 정해져 있다고, 카인트 공작님이 직접 선발한 경제력 강한 여성이 기다리고 있으니 다른 여자한테 눈 돌릴 생각은 하지 마.

직접 말해주고 싶었지만 그의 기대를 한순간에 부수고 싶지는 않았기에 속으로만 말하는 데 그쳤다.

한 송이 눈꽃과 같은 악마가 우리를 향해 걸어온다.

한겨울 꽁꽁 언 강물처럼 새하얀 피부를 가지고 있는 악마는 눈동자마저 회색이었다.

멜라닌 색소가 부족한가? 저런 사람이 있다는 말은 들었는데 악마가 저런 모습을 하고 있으니 신기하네.

지금은 악마에게 적대감이 생기지 않았다. 여리디여린 몸을 가지고 있는 악마였기에 적대감보다 신기함이 앞섰다.

"벌써 찾아올 줄은 몰랐어요. 저는 마왕 직속 친위대 니베르예요. 여기까지 오느라 고생이 많으셨어요. 하지만 더는 못 지나가요. 아직은 때가 되지 않았어요. 그냥 여기 있으세요."

뭐지, 이 반응은.

도도한 표정을 하고 있는 여성체 악마의 말이 쉽게 이해가 되지 않았다.

우리에게 우호적인 감정을 가지고 있는 크레닌의 경우도 일단은 맞서 싸우기는 했었다.

하지만 니베르는 우리와 전투 한번 제대로 하지 않고서 우호적인 말을 했다.

싸우지도 않고 그냥 있으란다.

이건 또 무슨 상황인 건지.

그냥 있으란 말은 나가지 말고 여기서 시간을 보내란 것인데. 그러면 평생 여기서 지내야 한단 말인가?

아름다운 여자와 싸우고 싶지는 않지만 그렇다고 여기서 허송세월을 보낼 수는 없지.

"미안한데. 우리는 악마의 탑을 빠르게 공략해야 되는 이유가 있어서 말이지."

"그러시군요. 알겠어요."

너무도 간단히 대답하는 니베르의 말에 우리는 어떻게 행동해야 할지 감이 잘 잡히지 않았다. 그런 우리에게 니베르가 답을 보여주었다.

다시 몸을 눈송이로 바꾸는 니베르였다.

아름다운 그녀의 모습이 보이지 않자 정신이 들었다.

정신계 능력을 가지고 있지는 않지만 외모만으로 사람을 홀리는 그녀였다.

눈송이가 된 그녀는 하늘을 하얗게 물들이고 있다.

"일단 제 뒤에 숨으세요. 제가 선천적으로 냉기를 잘 견디거든요."

일반 눈송이가 아니다.

보통의 눈송이는 사람들의 환영을 받는다.

나무 위에 떨어진 눈송이를 보며 아름다움을 느끼고 땅에 떨어진 눈을 뭉쳐 눈사람도 만든다. 하지만 니베르가 만든 눈송이는 그럴 수가 없다.

엄청난 냉기를 품고 있는 눈송이에 절로 몸이 얼어붙을 것만 같다.

사방을 뒤덮고 있는 눈송이를 상대하기 위해서는 어떻게 해야 하지?

브로안의 뒤에 숨는다고 해서 끝나는 것이 아니다. 니베르를 소멸시켜야만 악마의 탑 8층을 벗어날 수 있다.

이런 생각을 하는 동안 눈송이 하나가 머리 위에 내려앉는다.

엄청난 냉기에 골이 시렸다.

다급히 손을 움직여 머리 위의 눈송이를 치웠는데 어느새 얼어붙은 머리카락 끝자락도 같이 떨어져 나갔다.

가장 추위를 타고 있는 사람은 역시 부기사단장이다.

그의 입술은 새파랗게 질려 있었고, 얼굴이 백지장처럼 변해 있었다.

빨리 방법을 찾아야 한다.

그냥 이 공격을 당하고만 있을 수는 없다.

어떻게 하면 좋을까? 얼음은 불에 약하다.

지금 불을 만들 방법은 아크타르 폭탄을 이용하는 방법이 있다.

하지만 하늘을 완전히 뒤덮고 있는 눈송이를 치우기에는 턱없이 부족한 양이다.

아무리 많은 양의 아크타르를 사용해도 눈송이를 다 녹일 수는 없어 보인다.

그래도 하자.

딱히 좋은 방법이 생각나지 않았기에 나는 보관 상자에서 잠들어 있는 아크타르를 대량으로 꺼내 들었다.

내가 아크타르를 꺼내자 다른 사람들도 내가 무슨 생각을 하고 있는지 읽었고, 바닥에 둔 아크타르를 가장 눈송이가 많이 피워져 있는 곳을 향해 던졌다.

하늘로 던진 순간 아크타르는 눈송이의 냉기에 얼어붙었지만 안에 있는 기폭 장치로 인해 폭발하는 데는 무리가 없었다.

펑! 화르륵!

폭발음과 함께 불길이 잠시나마 솟구친다.

폭탄이 터진 공간에는 눈송이가 보이지 않는다.

미약하긴 하지만 눈송이를 줄이는 데는 성공한 것이다.

하지만 이대로는 힘들다.

더 큰 불길이 필요하다. 이곳을 불바다로 만들어야 니베르가 다시 본래의 모습으로 돌아올 것이다.

더 큰 불길.

한 가지 생각이 머리를 스쳤다.

꼭 더 큰 불길이 필요하지 않은 방법이 있다.

하늘을 뒤덮고 있는 눈송이를 한곳에 모아 그곳에 남은 아크타르 전부를 쏟아붓는 방법이 떠올랐다.

니베르가 자신의 능력으로 눈송이를 퍼뜨렸다면 나도 가능하지 않을까?

스승님과 나는 고리의 기운을 효율적으로 사용하기 위한 방법을 끊임없이 연구했었다.

기운을 한 점으로 방출해 관통력을 키우는 방법이 가장 대표적이지만, 점이 아니라 면으로 사용하는 방법도 연구했었다.

그리고 기운을 회오리처럼 만드는 방법까지 성공했다.

처음 이 방법을 생각해 냈을 때 스승님은 쓸모없이 기운만 많이 소모한다고, 쓸 일이 없다고 했었다.

하지만 지금의 상황에서는 가장 적합한 기운 사용법이다.

"스승님, 그리고 브로안, 저를 엄호해 주세요."

하늘을 뒤덮고 있는 눈송이를 모으기 위해서는 가지고 있는 모든 기운을 사용해도 부족할지도 모른다.

광대한 기운을 사용하면 나는 무방비 상태가 된다.

나의 안전을 스승님과 브로안에게 맡기고 나는 오로지 기운에만 집중했다.

고리의 기운을 문양이 아니라 몸속에 나 있는 길을 따라 손바닥으로 모았다.

손바닥에 모인 기운은 천천히 밖으로 나왔고, 내 의지에 따라 회전을 시작했다.

물 잔을 젓가락으로 흔든 것처럼 작은 크기의 회오리가 만들어졌다.

일단 만드는 것에 성공했다.

이제는 모든 기운을 쏟아부으면 된다.

고리를 쥐어짜 기운을 손바닥으로 방출했다.

기운을 먹은 회오리는 점점 더 크기를 키워갔고, 내 기운의 절반 정도를 잡아먹자 우리 주변의 눈송이를 흡수할 정도의 크기가 되었다.

회오리의 주변을 벗어나지 못하고 있는 눈송이 덕분에 회오리의 모습은 위협적이었다.

내 의지대로 이런 회오리를 만들 수 있다면 좋겠지만 니베르가 만든 눈송이가 없다면 이런 위협적인 회오리를 만들지 못한다.

반쯤 남은 기운 모두를 다시 회오리에 쏟아부었다.

고리에서 기운이 비워지자 머리가 아파왔다.

과다 출혈을 한 것처럼 시야가 어두워지고 몸에 힘이 들어가지 않았다.

하지만 아직 모든 눈송이를 흡수하지 못했다.

조금 더 쥐어짜야 한다.

하지만 고리가 메말라 버렸다.

"내가 도와주마."

스승님이 나섰다.

나와 같은 기운을 사용하고 있는 스승님의 기운이라면 회오리를 더 키울 수 있다.

스승님의 손에서 방출된 기운이 내 손끝에 모여들었고, 스승님의 기운과 내 기운이 더해져 회오리의 크기를 더욱 키웠다.

모든 눈송이를 흡수하지는 못했지만 이 정도면 되었다.

"아크타르를 던져!"

신호만을 기다리고 있던 브로안과 부기사단장은 남아 있는 모든 아크타르를 회오리를 향해 집어 던졌다.

펑! 퍼벙!

하얀 눈만이 가득했던 회오리의 절반이 불길에 뒤덮였다.

"다 던져 버려!"

브로안은 아크타르 폭탄이 가득 실려 있는 마차를 통째로 회오리를 향해 집어 던졌다.

그러자 절반 싸움을 하고 있는 불길과 눈송이의 승자가 결정되었다.

하얀색에 붉은색으로 회오리의 색이 바뀌었다.

회오리의 색만 바뀐 것이 아니었다. 하늘을 뒤덮고 있던 흰색이 점점 사라지고 있었다.

남아 있던 눈송이들이 힘겹게 모여들어 눈꽃 하나를 다시 만들었다.

니베르가 다시 모습을 드러낸 것이다.

그녀는 힘들어 보였다. 창백한 얼굴은 더욱 창백해졌고, 눈동자에는 힘이 전혀 들어가 있지 않았다.

눈송이가 그녀의 힘의 원천이었던 것이다.

하지만 우리의 상황도 그렇게 좋지는 않았다.

고리의 기운을 전부 사용한 나와 스승님은 전투를 벌일 수 있는 상황이 아니다.

그렇다고 부기사단장에게 기대할 수 없다.

그렇다면 남은 사람은 브로안 혼자뿐이다.

"브로안, 부탁해."

앞이 환해졌다. 우리를 가리고 있던 브로안의 방패가 사라진 것이다.

브로안은 방패를 들고 창백한 니베르를 향해 돌진했다.

브로안이 다가오는 것을 멍하니 바라만 보고 있던 그녀는 브로안의 방패밀쳐내기 공격을 피하지 못했다.

뼈에 문양을 새겨 넣은 브로안의 속도가 빨라진 것도 있었지만 그녀에게 남아 있는 힘이 없었던 것이다.

한 번의 공격에 멀찍이 날아간 그녀를 향해 브로안은 재차 달려들었고, 다시 방패의 딱딱함을 그녀에게 느끼게 해주었다.

여자라고 해서 봐주는 그런 사람이 아니네.

저러다가 부인 패는 나쁜 남편이 되는 건 아닌지 모르겠네.

브로안의 공격이 멈춘 건 니베르가 사라지고 구슬 하나가 떨어지고 나서였다.

구슬과 그녀가 착용했던 아이템 몇 개를 자랑스레 가지고 돌아오는 브로안의 표정에는 자부심이 가득했다.

"형님, 끝내고 왔어요. 생각보다 그렇게 힘들지는 않네요. 흐흐흐."

"변태! 여자를 그렇게 심하게 패다니. 결혼해서는 절대 그러면 안 된다!"

"아니, 제가 변태라니요. 악마잖아요. 여자의 모습을 하고
있지만 악마잖아요. 저는 여자를 때려본 적이 없어요!"

브로안의 외침을 새겨듣는 이는 아무도 없었고, 브로안에
게 새로운 이미지 하나가 추가되었다.

*　　　　*　　　　*

구슬이 3개가 생겼다.

정신계 능력을 사용하는 루시드와 냉기 능력을 가지고 있
는 니베르, 그리고 소머리 악마까지 총 3개의 구슬이 생겼
다.

이 구슬로 할 수 있는 것은 없었다.

나를 주인으로 인식되게 설정되어 있긴 했지만 대부분의 능
력을 상실한 악마들은 몬스터 한 마리도 제 능력으로 사냥하
지 못한다.

내가 기운을 나눠주면 가능하긴 하지만 굳이 이들에게 기
운을 나눠주며 사용하고 싶은 마음은 없다.

내가 기운을 막 퍼주다가 뒤통수라도 맞으면 억울하잖아.

오늘따라 하늘이 높고 맑다.

악마의 탑도 단 2개의 층만을 남기고 있었기에 마음 또한

한결 가볍다.

그리고 오늘은 브로안이 운명의 상대를 만나기로 한 날이었다.

카인트 공작이 점찍어 놓은 여성 말고 다른 여자를 만나는 것은 허락할 수 없지.

공작님이 브로안의 부인으로 점찍은 사람은 파브리안 가문의 둘째 딸 루드나 파브리안이다.

그녀는 자신의 아버지인 파브리안 백작의 피를 가장 진하게 이어받았다고 평가되는 여성이다. 상가에서 평생을 보낸 상인들에게 인정을 받을 정도로 재질이 뛰어났고, 모든 일에 철두철미하기로 유명했다.

모든 게 허술한 브로안에게 딱 적당한 상대다.

흠이라고는 찾아볼 수 없는 그녀였지만 외모가 살짝, 아주 살짝 떨어졌다.

일반 성인 남성보다 큰 키와 덩치를 가지고 있었지만 브로안에 비하면 작으니까.

다시 생각하니 완전 찰떡궁합이잖아.

브로안이 어디 가서 저런 여자를 만나겠어.

자기의 배꼽에 오는 여자를 만나서 뭐를 하겠어. 최소 어깨까지는 와야지.

그리고 무려 백작의 둘째 딸이라고. 평민 중에서도 낮은 계급에 있던 브로안이 귀족과 결혼을 하는 건 영광스러운 일이지.

지금 내가 하고 있는 생각은 절대 핑계가 아니다.

처음에는 조금 머뭇거리긴 했지만 곰곰이 생각할수록 루드나보다 브로안에 어울리는 여성을 찾기 힘들다.

그리고 어머니를 일찍 잃은 브로안에게는 연상의 여인이 제격이지.

액면가는 브로안이 더 들어 보이지만.

전하께서도 이번 일을 알고 있다. 카인트 공작과 전하와 같이 브로안의 결혼에 대해 얘기를 한 적이 있었기에 전하의 적극적인 지지를 받아 이번 일을 주도했다.

브로안의 선택 따위는 중요하지 않았다.

멀리서 브로안의 모습이 보인다.

나오기 전까지 음식을 먹었는지 입가에는 소스가 잔뜩 묻어 있다.

저런 모습을 하고 운명의 여자를 만나러 갈 수는 없지.

"동생, 오랜만에 형이랑 쇼핑하러 가자."

"쇼핑요? 저 살 거 없어요. 지금 입고 있는 옷도 이틀밖에 안 입었다고요."

"네 돈 내라고 안 할 테니까 그냥 따라와. 쇼핑 마치고 왕국 최고의 식당에서 밥도 먹을 테니까."

"정말요? 그럼 따라가 드릴게요."

브로안을 데리고 왕국 제일의 디자이너를 찾아갔다.

"곰을 사람으로 만들어 주세요."

디자이너는 브로안을 한번 훑어보고는 고개를 흔들었다.

그의 능력을 시험하는 장이었다.

디자이너는 가지고 있는 모든 옷을 꺼내 브로안에게 대보았고, 그중 가장 심플한 디자인의 옷을 꺼냈다.

하지만 일반 남성보다 머리 2개는 더 큰 브로안에게 맞는 옷을 단시간에 만들기 위해서는 엄청난 집중력과 창의력이 필요했고, 디자이너는 한마디도 없이 옷을 제작했다.

그렇게 1시간이 지나자 옷은 완성되었고, 브로안은 탈의실에 들어가 옷을 갈아입었다.

"오! 이게 누구야. 옷이 날개라는 말이 이럴 때 쓰는 말이네."

"옷이 날개라고요? 비행 능력이 있는 아이템이었어요?"

"그냥 하는 말이야. 옷이 잘 어울린다고."

"괜히 기대했잖아요. 어쨌든 이제는 밥 먹으러 가는 거죠? 어서 가요. 멍하니 있으니 더 배고프네요."

이제는 어느 정도 부끄럽지 않게 꾸민 브로안이었다.

우리는 파브리안 가문에서 직접 운영하는 레스토랑으로 이동했다.

엄청난 가격을 자랑하는 파브리안 가문의 식당은 세계 모든 고급 음식을 왕국에서 맛볼 수 있는 유일한 곳이다.

파브리안은 음식을 질보다 양으로 승부하는 타입이었기에 파브리안 식당을 가고 싶다고 생각하지는 않았지만 그래도 찾아온 기회를 걷어차지는 않았다.

가격이 비싸지만 많은 귀족들이 자신들의 품위 유지를 위해 찾는 파브리안 식당이었지만 오늘은 한산했다.

갑자기 맛이 이상해졌거나 서비스가 나빠져 그런 것이 아니다.

식당의 주인인 파브리안 백작이 오늘 가게를 오픈하지 않은 것이다.

"형님, 오늘 이 식당 문 안 열었는데요. 다른 데 가야 되는 거 아니에요?"

"잔말 말고 따라와."

닫힌 문을 두드리자 식당의 지배인이 살며시 문을 열었고, 나와 브로안의 얼굴을 확인하고는 문을 활짝 열었다.

"백작님이 먼저 와서 기다리고 계십니다. 어서 안으로 드시지요."

파브리안 식당은 지배인마저 귀품이 넘쳤다.

귀족들을 상대로 하는 장사였기에 지배인 또한 전문 교육을 받은 몰락 귀족을 많은 돈을 주고 지배인으로 채용한 것이다.

"백작님이라니요? 오늘 누구 따로 만나기로 했어요?"

"왜, 신경 쓰여?"

"그건 아니죠. 음식만 먹을 수 있으면 누가 있든 저는 신경 안 써요."

브로안다운 대답이다.

하지만 정말 그럴 수 있을까?

선을 보는 장소라는 것을 알고도 마냥 음식을 먹을 수 있다면 진짜 인정을 해주지.

식당에는 파브리안 백작과 둘째 딸이 자리하고 있었고, 그 맞은편에는 브로안의 동생인 브란이 먼저 와 앉아 있었다.

"브란, 너도 와 있었어? 오늘 진짜 이상하네."

이상한 낌새를 느낀 브로안이었지만 아직 자신의 결혼 상대를 만날 거라고는 예상하지 못하고 있었다.

브란을 이 자리에 부른 이유는 브로안이 유독 브란에게 약한 모습을 보였기 때문이다.

힘은 강하지만 동생에 비해 현명하지 않다고 생각하는 브로안이었기에 브란이 하자는 일에 토를 달지 않았다.

그가 인정하는 몇 안 되는 사람이 브란이었다.

이미 만반의 준비는 마쳤다.

이제는 사인만 하면 된다.

"어서 오게나. 자네가 브로안이군. 얼굴은 많이 봤지만 이렇게 가까이서 대화를 하는 것은 처음인 것 같네."

파브리안 백작이 높은 직위를 가지고 있는 귀족이라는 것을 알고 있는 브로안은 자신이 할 수 있는 최선의 정중함을 보였다.

"반갑습니다, 백작님. 이렇게 뵙게 되어 영광이에요."

조금 어설프긴 하지만 첫인상으로는 나쁘지 않다.

"여기는 내 딸 루드나 파브리안일세. 인사들 하게나."

브로안은 고개를 숙여 루드나에게 인사를 하고는 자리에 앉았다.

자리에 앉자 이미 준비해 둔 음식이 차례차례 나오기 시작했고, 브로안의 정신 줄이 서서히 풀리기 시작했다.

포크와 나이프를 사용하는 것이 익숙하지 않은 브로안은 손까지 사용하며 음식을 집어 먹었다.

하지만 반응이 나쁘지 않다.

브루니스 왕국의 최고의 기사가 된 브로안이었기에 이런 것까지 패기 넘치는 모습이라고 생각하는 파브리안 백작이었다.

그리고 루드나는 백작보다 더 브로안에게 호감을 가지고 있었다.

"이것도 드세요."

루드나가 자신의 그릇에 담겨 있는 스테이크를 브로안에게 넘겨주었다.

"감사합니다. 루드나 님은 좋은 분이시네요."

브로안의 입장에서 음식을 주는 사람은 무조건 좋은 사람이다.

그리고 음식을 뺏어 먹는 사람은 나쁜 사람이다.

단순한 사고지만 덕분에 루드나에게 조금 호감을 가지는 브로안이었다.

"이제 식사는 끝이 난 것 같으니 우리는 슬슬 자리를 뜨는 게 어떻겠나. 주인공끼리 할 말도 있지 않겠나."

벌써? 아직 자신이 어떤 자리에 있는지도 모르는 브로안인데?

나는 급히 브란의 옆구리를 찔렀고, 브란은 브로안에게 귓속말을 했다.

"형, 나는 루드나 님을 형수님으로 맞고 싶어. 그러니까 루드나 님이 하는 말에는 무조건 고개를 끄덕여. 알았지!"

브란이 무슨 말을 하는지 언뜻 이해가 가지 않는 브로안이었지만 자신이 가장 믿는 동생이 하는 말이기에 일단 알겠다고 대답했다.

우리는 문밖으로 빠져나갔다. 하지만 나는 궁금함을 이겨내지 못하고 은신 망토를 착용한 후 조심스럽게 다시 식당 안으로 들어가 둘의 얘기를 들었다.

"이렇게 큰 덩치를 유지하려면 많이 드셔야겠네요. 우리 식당의 음식이 어떠세요? 제가 가문을 떠나면 이 식당은 제가 받기로 했어요."

본격적으로 자신을 어필하기 시작하는 루드나였다.

역시 상인의 핏줄답게 브로안이 원하는 것을 콕 짚어 공략하는 그녀였다.

"음식은 전부 맛있었어요. 매일 먹어도 질리지 않을 정도로요."

브로안은 무슨 음식이든 맛있게 먹는다. 빵과 수프라고 해도 질리지 않는 사람이 브로안이다.

하지만 그런 것을 모르고 있는 루드나는 브로안이 자신에게 큰 호감을 가지고 있다고 생각했다.

"그러면 저는 어떠세요?"

이 시대에 보기 힘든 공격적인 여성이네.

현대에서도 저런 여성은 찾아보기 힘들다.

브로안의 대답은 뭘까? 브로안은 한 치의 고민도 하지 않고 대답했다.

"좋습니다."

뭐가 좋다는 건지 말하지는 않았지만 나는 알 수 있다.

저 말은 자신에게 고기를 줘서 좋다는 뜻이다.

하지만 루드나는 이번에도 큰 착각을 했다.

"그럼 매일 이 식당에서 식사를 하실래요?"

돌려서 말했지만 명백한 프러포즈다.

여자가 먼저 프러포즈를 하다니. 파브리안 가문의 입장에서도 왕국 제일의 기사를 사위로 들이는 것이 나쁘지는 않다. 돈으로 백작위를 산 가문이기에 다른 귀족들의 눈총을 가끔 받았다.

하지만 브로안이 가문의 사위가 되면 아무도 그런 말을 하지 못한다.

브로안의 방패에 짓눌리고 싶지 않으면 말이다.

브로안은 이번에도 고민 없이 답했다.

"그래도 돼요? 저는 당연히 좋습니다."

몇 마디 말이 더 오갔지만 서로의 생각이 조금 달랐기에 말의 흐름은 조금 이상했다.

하지만 둘은 자연스럽게 대화를 했다. 그렇게 브로안은 자신도 모르는 사이 결혼 상대가 정해졌다.

Chapter 8

악마가 강해지는 방법

브로안의 결혼식이 끝이 났다.

루드나와 결혼을 한다는 말에 가장 놀란 사람이 브로안 자신이었지만 브란의 말 몇 마디에 넘어간 그는 루드나와 결혼식을 성대하게 올렸다.

이번 결혼식을 위해 가장 많은 투자를 한 사람은 나였다.

파브리안 가문에서 많은 자금을 지원하기는 했지만 내가 지원한 금액의 절반도 되지 않는다. 브로안을 위해서이기는 했지만 그를 속인 것이었기에 브로안에게 미안함을 표하기 위해 결혼식 준비부터 신혼집까지 처리해 주었다.

그리고 결혼식에 사용된 아크타르 폭죽도 손수 제작했다.

폭죽에 대한 개념이 없는 이계였다. 이전에는 폭죽 대신 마법으로 결혼식을 화려하게 꾸몄지만 마법이 사라진 이후 귀족들, 혹은 왕실의 결혼식은 밋밋하게 진행되었다.

오랜만에 아름다운 광경이 하늘을 수놓자 바삐 움직이던 수도의 사람들은 일손을 놓고 하늘을 바라보며 브로안과 루드나의 결혼을 축복했다.

폭죽을 계기로 많은 사람들이 결혼식의 주인공들을 만나기 위해 식장을 찾았다.

엄청난 덩치를 가지고 있는 신혼부부의 행진은 흡사 코끼리를 연상하게 했지만 그런 말을 꺼낼 간 큰 사람은 존재하지 않았기에 결혼식은 무사히 끝이 났다.

신혼여행은 생략하고 바로 신혼집으로 들어간 두 사람.

그리고 불같은 밤들.

들리는 소문에 의하면, 침대를 세 번이나 교체했다고 한다.

두 사람의 덩치를 생각해 특수 제작한 침대였기에 시중에서 쉽게 살 수 없었고, 장인들은 두 사람의 침대를 제작하기 위해 다른 일을 제쳐 둬야만 했다.

늦게 배운 도둑질이 무섭다고, 브로안과 루드나는 방에서 벗어나지를 않았다.

그렇게 시간이 가는 동안 나는 채권과 은행을 좀 더 공격적으로 운영했다.

이제는 몇 개의 국가가 우리의 생각을 알아차렸다.

하지만 너무 늦었다. 그들이 행동하기에는 우리가 너무 깊숙이 파고들었기에, 이제는 우리가 세계의 경제를 장악하는 것을 말릴 수 있는 국가는 없었다.

인간계에서의 문제는 모든 것이 원활하게 진행되고 있었지만 가장 큰 고민이 남아 있었다.

악마의 탑 9층과 10층.

이제 얼마 남지 않았다.

브로안이 방에서 나오는 순간 우리는 다시 악마의 탑 9층으로 향하기로 했다.

그동안 나는 악마의 탑을 공략하기 위한 준비를 빈틈없이 했다.

악마의 탑 9층과 10층에서 어떤 악마가 우리를 기다리고 있는지는 모르겠지만 이길 자신이 있었다. 8층의 악마도 그리 어렵지 않게 공략했다.

이제는 더 이상 악마가 무섭거나 두렵지 않았다.

*   *   *

브로안이 드디어 신혼 방에서 나왔다.

그만 나오면 바로 악마의 탑으로 갈 수 있도록 준비해 두었지만 출발할 수가 없었다.

"브로안, 너 거울 본 적은 있어?"

브로안의 얼굴에서 광대가 공격적으로 튀어나와 있다.

광대가 성장한 것이 아니라 그의 볼살이 사라졌다.

엄청난 수련을 하면서도 몸매를 유지했던 브로안이었다.

신혼 방 안에서 무슨 일이 있었는지 대충 예상이 되긴 했지만 브로안이 저렇게 마를 정도라니……

"일단 밥 좀 먹자."

"형님, 저 힘들어요."

악마의 탑에서도 우는 소리 한 번 하지 않았던 브로안이 힘들다고?

제수씨가 대단하구나.

브로안의 체력을 위해 한동안 각방을 써야 했고, 제수씨는 그런 우리의 조치에 조금 투정을 부리기는 했지만 난동을 부리지는 않았다.

브로안은 각방을 쓴 이후 빠르게 얼굴을 회복했다.

일주일 정도의 재활(?)을 한 브로안은 완벽한 컨디션이 되었고, 우리는 악마의 탑으로 이동했다.

악마의 탑 8층을 공략했기에 바로 악마의 탑 7층으로 갈 수 있었지만 크레닌이 그간 연구해온 결과가 궁금했기에 6층으로 이동했다.

6층은 하이패스 구간이다. 어차피 7층의 악마와 싸워야 했고, 6층을 들렀다가 7층을 향한다고 해서 달라지는 것은 없었다.

6층에 도착하자 크레닌이 우리를 마중 나와 있었다.

크레닌의 얼굴에 다양한 감정들이 섞여 있다.

저런 표정이 나올 정도면 어떤 결과가 나와야 하는 거지?

표정이 다양하지 않다고 생각했던 크레닌의 얼굴이 1초에 한 번씩 바뀌고 있었으니 실험 결과가 나의 예상을 뛰어넘을 거라고 예상을 하며 크레닌에게 결과에 대해 물었다.

"연구 결과는 어떻게 나왔습니까? 특별한 게 있나요?"

"있고말고. 나도 마계에서 수만 가지의 실험을 했지만 이런 결과는 처음 봤다네. 자네들의 피는 더는 인간의 피가 아닐세."

"인간이 아니라니요? 그러면 우리가 무슨 몬스터라도 된 거예요?"

"몬스터도 아닐세. 자네들은 마계의 피를 이어받은 존재들이 되어 있었다네."

"마계의 피? 그게 무슨 말이죠? 뜸 들이지 말고 속 시원하게 말해보세요."

나와 스승님은 크레닌의 말에 귀를 쫑긋 세웠다.

"자네들은 이제 인간이 아니라 마계에서 사는 마족이나 악마와 같은 피를 가지게 되었다는 말일세. 자네들이 사용하는 기운을 자세히 연구해 봐야 이유를 찾을 수 있겠지만 지금의 결과로는 자네들은 인간이 아니라 악마가 되었다네. 나와 같은 악마 말일세."

악마가 되었다? 내가?

방방 뛰는 크레닌에게는 미안했지만 별다른 감흥은 없었다.

겉모습이 전혀 달라지지 않았고, 악마처럼 피를 탐하지도 않았다.

별로 달라진 것은 없다.

단지 피에 섞인 기운이 마족과 비슷하다고 해서 특별할 것은 없지 않은가.

"우리가 악마가 되었다고는 하지만 우리는 인간의 능력을 벗어나지 못하는데요? 악마들처럼 권능을 가지고 있는 것도 아니고, 겨우 고리의 기운을 사용하는 것뿐인데. 달라진 점이 하나도 없지 않습니까."

"그게 아닐세. 너무 쉽게 생각하는 것 같은데 이건 심각한 일일세. 마계의 역학 관계에 대해서 자네들이 몰라서 이렇게 쉽게 생각하는 것 같은데 마계는 힘을 가지기 위해 부모를 죽이고 자식의 피를 마시는 족속들이네."

악마니까 당연하겠지. 가족애 같은 게 있으면 악마가 아니지.

그런데 지금 그런 사실을 설명하는 이유가 뭐지?

"악마가 강해지는 방법은 두 가지가 있다네. 좋은 혈통을 타고나는 게 가장 큰 비중을 차지하고 있고, 절대적인 방법이지. 하지만 모든 악마들이 좋은 혈통을 타고나는 것은 아니지. 지금 마계에서 높은 서열을 유지하고 있는 악마 대부분이 좋은 혈통을 타고난 악마들이지만 소수의 악마는 혈통이 아니라 다른 악마의 피를 흡수해 강해진 존재들일세. 그들은 같은 계통의 마기를 가지고 있는 악마의 피를 흡수해 능력과 힘을 빼앗을 수 있다네. 물론 모든 악마들이 그런 방법으로 강해질 수는 없다네. 하지만 그런 능력을 가지고 있는 악마들은 끊임없이 흡수하고 싶어 하지. 자네들은 인간치고는 강한 존재들이지만, 이미 같은 계통의 악마의 피를 흡수한 상위 악마와 비교하면 그렇게 강한 편이 아닐세. 좋은 먹잇감이 되었다는 말일세."

소수의 악마들이 다른 악마의 피를 흡수해 능력을 키운다는 사실은 이번에 처음 알았다.

그리고 그런 악마들의 표적이 된다는 말이지.

사실 이것도 별반 놀라운 일은 아니다. 어차피 악마의 탑을 없애고 마왕의 부활을 막기 위해서는 악마와 싸워야 한다.

아군도 아니고, 적이 우리를 노리는 것은 당연한 일이다.

하지만 이어지는 크레닌의 말에 머리에서 번개가 쳤다.

"자네들도 악마의 힘을 흡수해 강해질 수 있기도 하다네. 하지만 흡수 계통의 악마들은 9층 이상에 서식하고 있다네. 마계 최상위 서열을 가지고 있는 악마들일세. 그들이, 자네들이 같은 계통이라는 사실을 깨닫게 되면 악마의 탑을 규율을 어기고 인간계로 나올지도 모른다는 말일세."

"악마의 탑의 규율을 어기고 인간계로 나온다는 게 무슨 말입니까? 마왕의 부활을 위해서는 악마의 탑이 유지되어야 하는 거 아닙니까? 그들이 독단적으로 움직이는 것을 다른 악마들이 두고만 보는 겁니까?"

"현재 흡수 계통의 악마들은 마왕의 부활을 원하고 있다네. 현재 마왕의 부활을 기다리는 악마들과 지금 있는 악마들만으로 인간계를 점령하려는 악마들이 팽팽히 맞서고 있기에 악마의 탑이 유지되고 있다네. 하지만 흡수 계통의 악마들이 인간계 점령 쪽으로 노선을 바꾼다면 악마의 탑은 무너지고 지금 모은 생기를 이용해 몬스터와 마족, 그리고 악마들이 인간계로 쏟아져 나올 것이네. 악마의 탑이 인간에 의해 공략되어 파괴된다면 악마의 탑을 의지해 살고 있는 악마들은 마계로 강제로 소환된다네. 하지만 악마의 탑에서 모은 생기와 힘을 이용해 인간계로 넘어가는 문을 열 수도 있다네."

마른침이 목을 힘겹게 넘어갔다.

우리가 악마의 탑으로 넘어와 전쟁을 하는 것이 아니라 악마들이 인간계로 나온다?

항마 전쟁에 대한 경험이 있다.

악마들이 얼마나 강한 능력을 가지고 있는지 잘 알고 있다.

제국을 며칠 사이에 쓸어버린 악마들이다.

거기가 악마의 탑에 서식하는 몬스터까지 인간계로 나온다?

지금 이계의 힘만으로는 그들을 절대 막을 수 없다.

하지만 걸리지만 않으면 되지 않을까?

악마의 탑에는 한 마리의 악마만이 존재한다. 그렇다면 그 악마를 소멸시키면 다른 악마들이 우리가 흡수 계통이라는 사실을 모르게 된다.

내가 앞으로의 계획에 대해 생각하고 있을 때 스승님이 크레닌에게 새로운 질문을 던졌다. 스승님은 이계의 안전보다 고리의 기운에 대해 더 관심이 많은 사람이었기에 할 수 있는 질문이었다.

"우리가 사용하는 기운은 극소수의 사람만이 사용할 수 있는데, 그렇다면 그 기운을 사용할 수 있는 사람이 다른 사람과 다른 점이 무엇인가?"

"내 예상으로는 자네들의 선조 중 마계의 피를 가진 자가 있지 않을까 생각한다네. 악마 중에서 인간을 사랑한 악마들이 가끔 나오긴 했었지. 그리고 자신의 능력을 버리고 인간의 모습으로 살다 죽은 악마도 존재한다네. 그런 악마 중 흡수 계통의 악마들도 분명 존재할 거네. 예상이긴 하지만 아귀가 들어맞지 않는가?"

내 선조 중에 악마가 있다? 그것도 인간을 사랑해 자신의 능력을 모두 버리고 인간으로 살아가는 것을 선택한 로맨틱한 악마가 있다고?

크레닌의 설명에 머리가 더 복잡해졌다.

하지만 그의 설명에 딱히 꼬투리를 잡을 만한 부분은 없었기에 수긍하고 넘어갔다.

지금은 선조 중에 누가 악마인지를 아는 것이 중요한 것이 아니다.

어떻게 하면 악마의 탑을 무너뜨릴지가 더 중요했다.

악마의 탑이 부서지면 악마들은 강제로 마계로 소환되어 버린다.

하지만 악마들 스스로 악마의 탑을 이루고 있는 생기와 힘을 이용해 인간계로 넘어가는 문을 열어 버리면 이계는 다시 항마 전쟁의 불구덩이 속으로 빠져들어가 버린다.

고민이다.

항마 전쟁을 막기 위해서는 악마의 탑 공략을 멈추는 것이 맞았다.

하지만 악마의 탑 공략을 하지 않으면 내가 한국으로 돌아갈 방법이 사라져 버린다.

항마 전쟁에서 승리할 수 있을 정도로 이계의 힘을 키운 뒤 악마의 탑을 공략하면 되지 않겠냐고 물을 수도 있겠지만 그건 몇 년이 걸릴지 모르는 일이다.

아니, 수십 년이 지나도 불가능할지도 모른다.

인간은 어느 정도 힘을 키우면 사용하고 싶어 한다. 우리가 아무리 세계 경제를 장악하고 있다고 하더라도 인간의 욕심을 완전히 막을 수는 없다.

분명 강해진 힘을 이용해 서로의 힘을 깎아 먹을 것이 분명하다.

그런데 항마 전쟁에서 승리할 전력을 어떻게 만들 수 있겠는가.

내가 조급한 마음에 비관적으로 생각하는 것일 수도 있다.

국가들을 통제해 같이 강해진다면 항마 전쟁에서 승리할 수 있는 전력을 만들 수 있을지도 모른다.

하지만 나는 하루라도 빨리 한국으로 돌아가고 싶었다.

리스크를 감수하고서라도 말이다.

"어떻게 할 생각이냐?"

스승님이 내 생각을 알고 싶어 한다. 하지만 스승님의 눈에서는 강해지고자 하는 욕망이 불타고 있다. 악마의 마기를 흡수해 고리를 강화시키고 싶어 하는 욕망이 가득한 것이다.

나는 브로안을 쳐다봤다.

브로안은 나와 눈을 마주치자 자신의 생각을 말했다.

"어차피 인생은 도박 아니겠습니까. 형님이나 아두브 님의 능력이 악마에게 걸려 항마 전쟁을 급박히 할 수도 있겠지만, 악마들이 알아차리기 전에 악마의 탑을 공략할 수도 있습니다. 그리고 우리가 항마 전쟁에 대해 만반의 준비를 한다고 하더라도 패배할 수도 있습니다. 물론 승리할 수도 있겠죠. 그렇다면 어떤 방법이 더 가능성이 높은지 생각을 해봐야 하는데. 개인적으로 악마의 탑을 공략하는 것이 가능성이 높아 보입니다. 악마와 몬스터가 이계에 나오면 어떻게 이길 생각입니까? 원거리 무기와 아이템의 성능으로요? 저는 불가능하다고 봅니다. 전에 만났던 정신계 능력을 가지고 있는 악마 한 마리만 침투해 들어와도 군대는 난장판이 되어 버려요. 그러면 차라리 악마의 탑을 공략하는 것이 낫지 않겠습니까."

오랜만에 브로안은 머리를 한계치까지 사용했다.

그런 그의 노력에 나는 결정을 내렸다.

"악마의 탑을 공략하자!"

위험한 생각일 수도 있었다. 하지만 모든 선택이 위험하다면 마음이 이끌리는 대로 행동하는 게 정답이라고 생각한다.

이 선택이 어떤 파장을 일으킬지는 모르겠지만 결정을 내린 이상 움직여야 한다.

악마의 탑을 빠져나가려는데 크레닌이 우리를 붙잡았다.

"피를 더 주고 가게나. 아직 연구할 게 많이 남았다네."

나와 스승님은 이번에도 유리병에 피를 담아 그에게 건네주었다.

우리는 악마의 탑 7층을 향해 올라갔다.

악마의 탑 7층에 서식하는 악마는 우리가 상대하기 쉬운 육체 강화 능력을 가지고 있는 악마였다.

조금 시간이 걸리기는 했지만, 강해진 브로안이 악마를 막는 동안 나와 스승님이 악마의 숨통을 끊어버렸다.

조금 상처를 입은 스승님은 천사의 눈물을 복용해 몸을 회복했고, 우리는 잠시 동안 7층에서 식사를 하고 휴식을 취하며 컨디션을 끌어 올려 8층으로 올라갔다.

*   *   *

악마의 탑 8층에 서식하는 악마는 화기 계열의 능력을 가지고 있었다.

파툰트라고 자기소개까지 하는 악마였다.

우리를 만만하게 생각하고 있으니 저렇게 여유로운 모습을 하고 있겠지.

우리가 이미 냉기 능력을 가지고 있는 8층의 악마를 사냥했다는 사실을 알고 있겠지만 자신이라면 우리를 쉽게 이길 수 있다고 생각하는 악마였다.

머리부터 발끝까지 붉은 불로 휩싸여 있는 악마였기에 어떤 생김새를 하고 있는지 확인은 되지 않았지만 굳이 얼굴을 알아야 될 사이는 아니었기에 우리는 바로 전투에 돌입했다.

"브로안, 얼마나 버틸 수 있겠어?"

불의 악마의 손에서부터 거대한 불길이 우리를 향해 쏘아졌고, 그 불길을 브로안이 방패를 이용해 막고 있었다.

방패의 능력이 아무리 뛰어나다고 하더라도 브로안이 견디지 못하면 끝이다.

"이 정도면 하루 종일이라도 견딜 수 있어요. 저는 걱정하지 말고 공격할 틈을 찾으세요."

든든한 브로안이다.

그에게 실망스러운 모습을 보일 수는 없지.

고리의 기운을 사용해 몸을 보호하고는 불길을 지나 몸을 감추었다.

스승님은 아직 이 불길을 이길 수 있는 기운을 보유하지 못했기에 파툰트를 공격할 수 있는 사람은 나뿐이다.

어떻게 공격을 해야 할까. 불은 물에 약하지.

하지만 적은 물은 오히려 불길을 키우는데…….

불길을 잠재울 방법이 뭐가 있을까.

학창 시절 소방 교육을 받으며 불을 끄는 방법에 대해 배웠다.

제대로 기억나지는 않았지만 세 가지 방법은 기억이 났다.

맞불을 놓아 불이 번지지 못하게 하는 방법과 물을 이용해 불의 온도를 낮춰 불길을 잡는 방법, 그리고 산소를 없애는 방법.

어떤 방법을 사용해야 할까.

산소를 없애는 방법 따위는 모른다. 그리고 맞불을 놓기에는 아크타르의 위력이 충분하지 않다. 그렇다면 물을 이용하는 방법뿐인데.

물을 끌어내는 방법은 하나 있긴 하다.

드래곤의 지팡이.

지하수를 끌어내 북부에 농사가 가능하게 했던 지팡이라면 저 불길을 막을 수 있지 않을까?

방법은 정했으니 실행을 해야 한다.

나는 드래곤의 지팡이를 보관 상자에서 꺼내 땅에 꽂았다.

제발 물이 있어라.

악마의 탑에 물이 있을까?

악마의 탑에는 여러 환경이 있다. 초원도 있었고, 밀림도 있었으며, 큰 강의 모습을 하고 있는 장소도 있었다.

도박과 같은 방법이었지만 지금은 이게 불길을 잠재울 수 있는 유일한 방법이었다.

*   *   *

바닥이 촉촉하다.

다행이다.

바닥에 드래곤의 지팡이를 꽂은 지 얼마 지나지 않아 악마의 탑에도 물이 있다는 것을 확인할 수 있었다. 하지만 터무니없이 부족한 양이다.

이 정도의 물으로는 불길을 잠재울 수 없다.

펌프가 있었다면 물을 강하게 끌어당길수 있었겠지만 지금 상황에서 펌프를 찾는 것은 아둔한 짓이다.

펌프가 없으면 내가 펌프가 되면 되지.

고리의 기운을 끌어 올렸다.

냉기의 악마를 상대할 때처럼 고리의 기운을 손바닥으로 방출해 작은 회오리를 만들었고, 기운을 밀어 넣어 회오리의 크기를 키웠다.

회오리는 지팡이의 근처에서 물을 당기고 있다.

바닥만 적시던 작은 물길은 회오리의 힘을 견디지 못하고

지하에서 터져 올라왔다.

석유를 채굴하는 장면처럼 물길은 강하게 뻗어 올라왔고, 물은 모두 회오리에 흡수되었다.

냉기를 흡수할 때보다 작은 회오리였지만 오히려 기운은 더 빠르게 빠져나가고 있다.

회오리를 유지하는 것이 버거워진다.

회오리가 물길을 흡수했기에 무거워졌다.

이 정도면 충분하겠지. 이미 불길보다 더 큰 규모의 회오리다.

나는 손을 뻗어 불의 악마를 향해 물을 가득 머금은 회오리를 밀었다.

거칠게 물보라를 피우며 이동하는 회오리가 불의 악마의 근처에 다가가자 불길이 약해지고 있다. 회오리는 완전히 불의 악마의 위에 올라타고 있다.

나는 그 순간 회오리를 유지하는 기운을 회수했다.

중력의 힘에 의해 떠돌고 있던 물이 불의 악마를 향해 떨어졌다.

다른 방향으로 향하는 물도 상당했지만 불길을 잠재우기에는 충분한 양이었다.

브로안을 향해 쏘아 내던 불길은 완전히 사라졌다.

그리고 불을 온몸에 피워내고 있던 악마도 힘을 잃고 쓰러졌다.

쓰러져 있는 악마를 향해 다가가 얼굴을 확인했다.

모든 털이 불길에 타버렸는지 흉측한 몰골을 하고 있다.

눈썹은 물론이고 머리털조차 하나 없는 나신의 악마를 보는 것은 시력을 보호하는 데 좋지 않다는 것을 금방 깨달았다.

푹!

불의 악마 파툰트의 가슴에 검을 찔러 넣었다.

방어력은 그렇게 강하지 않은지 강하게 힘을 주지 않았음에도 그의 몸을 관통할 수 있었다. 그 상태에서 고리의 기운을 이용해 파툰트의 몸을 갈랐다.

그러자 파툰트의 모습이 사라졌고, 그 자리에는 데빌 실과 아이템 몇 개가 뒹굴었다.

아이템을 굳이 확인해 보지 않아도 어떤 능력을 가지고 있을지 예상이 되었다

불에 관한 능력을 가지고 있는 아이템이겠네.

냉기의 악마 니베르를 데빌 실에 봉인시킨 후 나온 아이템들은 전부 냉기 능력에 관련된 것이었다.

주로 냉기 저항 능력을 가지고 있었기에 그 아이템은 고스란히 브로안의 저항력을 올리기 위해 사용되었다.

"생각보다 쉽게 끝냈네요."

브로안은 여전히 쌩쌩한 모습을 하고 있었다.

하긴 여기서 제대로 된 전투를 한 사람은 나 말고는 없으니 다들 체력이 남아돌겠지.

하지만 나는 죽겠다고.

"나는 좀 쉬자. 고리의 기운으로 회오리를 만드는 게 얼마나 힘든 줄 알아? 여기서 밥도 좀 먹고, 잠도 자고 9층으로 올라가자. 9층은 우리의 상상보다 강한 악마가 있을 거야. 완벽한 상태로 9층의 악마를 만나러 가는 게 예의가 아니겠어."

"알겠어요. 그러면 식사 준비는 제가 할게요."

"아닙니다, 제가 하겠습니다. 하는 일 하나 없이 구경만 하니 몸이 쑤셔서 참지를 못하겠습니다."

부기사단장이 자진해서 식사를 준비했다.

전투 능력이 가장 떨어지는 그였기에 뭐든 하고 싶어 했다.

조금 짠했다.

부기사단장은 지금이라면 다른 기사들을 가르치며 존경을 받으며 시간을 보내야 했다.

하지만 우리를 잘못 만나 악마의 탑에서 개고생을 하고 있으니 마음이 불편할 수밖에 없었다. 하지만 부기사단장이 아니라 다른 기사를 데리고 왔다면 10분도 견디지 못하고 죽었을지도 모른다.

우리에 비해 약하다고는 하지만 부기사단장은 우리를 제외하면 왕국에서 가장 강한 기사였다.

왕국 제일의 기사가 만든 음식을 먹는 것도 쉽지 않은데 즐겨 볼까.

굽기만 하면 되는 고기 요리가 대부분이었기에 음식은 금방 뚝딱 만들어졌다.

향신료도 가득 챙겨 왔기에 음식 냄새에 군침이 절로 돌았다.

"그럼 잘 먹겠습니다. 부기사단장님이 만들어 주는 요리를 맛볼 수 있는 사람이 얼마나 되겠습니까. 영광입니다."

우웩!

이게 뭐야! 사람이 먹을 수 있는 요리야?

분명 간단한 요리다. 그리고 보기에도 그럴듯하다. 냄새도 향긋하고. 하지만 입에 고기를 넣는 순간 역한 맛에 혀가 마비되는 느낌을 받았다.

음식이라면 가리지 않고 삼키고 보는 브로안마저 주저하고 있으니 고기의 맛이 얼마나 최악인지 말하지 않아도 알 수 있다.

"고기에 무슨 짓을 하신 겁니까?"

"저는 그냥 향신료를 제 취향대로 뿌렸습니다. 맛있지 않으세요? 저는 맛만 좋습니다."

오늘 새로운 사실 하나를 알았다.

부기사단장은 인간의 미각을 가지고 있지 않았다.

나와 스승님이 악마의 피를 가지고 있다면 부기사단장은 악마의 혀를 가지고 있다.

우리는 차마 이런 음식을 먹을 수는 없었기에 브로안이 새로 고기를 구웠다.

이미 강한 향신료에 혀가 마비된 상태였기에 최소한의 간으로만 구워진 고기를 먹으며 휴식을 취해야 했다.

악마의 탑에서 고리의 기운은 빠르게 회복된다.

잠시 눈을 붙이고 일어나니 고리의 기운은 이전의 상태로 돌아와 있었다.

다들 간단히 몸을 풀고 상태를 확인했다.

한 명이라도 최상의 상태가 아니라면 9층을 공략하는 것을 미뤄야 한다.

그만큼 악마의 탑 9층이라는 이름이 우리에게는 부담이었다.

그리고 흡수 계통의 능력을 가진 악마를 만날지도 모른다.

우리의 비밀을 악마에게 들켜서는 안 된다.

그 말은 무조건 그들을 단시간에 끝내야 한다는 뜻이다.

우리는 반나절을 더 악마의 탑 8층에서 보냈다.

피곤한 기색 하나 남지 않은 우리들은 데빌 도어로 향했고, 그렇게 9층으로 이동했다.

           *   *   *

  9층의 환경은 왕국과 비슷했다.

  아니, 오히려 여기가 더욱 고급스러운 분위기를 풍기고 있다.

  검붉은빛으로 빛나는 벽과 아름다운 곡선으로 만들어진 장식품들은 이곳 주인이 미적 아름다움을 추구한다는 사실을 말해주고 있다.

  데빌 도어에서 멀지 않은 곳에서 인기척이 느껴진다.

  그곳에서는 차를 마시고 있는 사람의 모습이 보였다.

  인간의 모습을 하고 있는 악마가 차를 마시고 있겠지.

  우리는 천천히 테이블로 다가갔다.

  악마는 우리를 보고 싱긋 웃으며 차를 권했다.

  "드디어 여기까지 왔군. 너무 빨리 도착해서 상당히 놀랐다네. 차나 가볍게 하겠나? 악마들에게 가장 사랑받는 차라네. 인간이 마실 수 있을지는 모르겠지만 용기 있으면 마셔 보겠나?"

  우리에게 차를 권하는 악마의 모습은 전형적인 상류 귀족의 모습이다.

  블랙으로 통일한 정복부터 머리 한 올까지 흐트러져 있지 않았고, 차를 마시는 자세마저 품위가 넘쳤다.

그리고 얼굴 또한 햇빛 한번 본 적 없는 것처럼 흰색을 유지하고 있었다.

우리에게 차를 권한다?

악마가 마시는 차를 인간이 마시지 못한다고 생각하는 건가?

하지만 나는 일반 사람이 아니지.

악마의 피가 흐르고 있다는 사실을 알고 있었기에 악마가 권하는 차를 거절하지 않고 마셨다. 악마처럼 귀품 있게 차를 마시는 법은 몰랐지만 호탕하게 차를 한입에 들이마셨다.

목구멍을 타고 알싸한 향과 맛이 느껴졌다.

마치 블랙커피를 마시는 느낌이다.

나는 자판기 커피 스타일인데.

혀가 살짝 아리하긴 했지만 별다른 부작용은 없었다.

"오호! 인간이 악마의 차를 마실 수 있었군. 오늘 새로운 사실을 알게 해주어 고맙네."

내가 차를 마시는 장면을 보고 브로안이 나를 따라 차를 마시려고 했고, 나는 브로안을 제지했다.

"맛 더럽게 없어. 맛없어서 죽을지도 몰라. 부기사단장이 만든 음식보다 100배는 맛없어."

위험하니 마시지 말라는 것보다 맛이 형편없으니 마시지

말라는 말이 브로안에게 더 통한다.

"입에 맞지는 않았나 보군. 하긴 최상류층의 악마들만 마시는 이 맛을 인간이 즐기는 것이 더 신기한 일이겠군."

악마는 우리에게 완전히 관심을 끊고 차를 음미하는 데 집중했다.

품위 넘치게 차를 마시는 그를 먼저 공격하기도 그랬기에 우리는 멀뚱히 테이블 주위에 서서 그를 지켜봤다.

한 모금씩 차를 마시자 드디어 찻잔의 바닥이 보였다.

"오래 기다리게 해서 미안하군. 그래, 슬슬 대화를 시작해 보도록 하지. 여기까지 왔으니 대화 정도는 해도 되지 않겠나. 나는 마왕 친위대의 수장을 맡고 있는 마코크일세. 자네들의 이름은 들어 알고 있다네. 엄청난 속도로 악마의 탑을 공략할 수 있었던 방법이 궁금하군. 설명해 주겠나?"

"우리가 굳이 그런 설명을 할 이유는 없다고 생각하는데? 우리가 친하게 지낼 이유는 없잖아."

"너무 딱딱하게 생각하고 있군. 대화는 아군과 적을 가리지 않고 필요하지. 인간은 너무 편협한 생각을 하고 있어서 문제군. 그래, 제안을 하나 하지. 자네들이 그 방법에 대해 말해준다면 자네들이 알고 싶어 하는 것을 답해 주지."

내가 악마에게서부터 알고 싶어 하는 궁금증이 있나?

하나 있긴 하다. 한국으로 돌아가는 방법.

10층에 있는 마왕의 기운을 이용하면 돌아갈 수 있다고 알고 있지만 정확한 방법에 대해서는 모르고 있다.

마왕의 친위대 수장 정도면 그 방법에 대해 알고 있지 않을까?

생각이 거기까지 미치자 마코크와 대화할 이유가 생겨버렸다.

"우리는 아이템을 이용해 악마의 탑을 공략했다. 악마의 탑에 서식하는 몬스터와 마족, 그리고 악마들이 강하기는 하지만 인간의 능력으로 강화시킨 아이템이면 공략이 가능하다. 현재는 우리가 가장 빠른 속도로 공략하고 있지만 머지않아 다른 사람들도 악마의 탑을 빠르게 공략할 것이다."

"아이템인가? 조금 부족하긴 하지만, 자네들이 착용하고 있는 아이템이 예사 물건으로 보이지는 않는군. 특히 아이템으로 도배하고 있는 덩치 큰 인간을 보자니 이해가 되기도 하는군."

고리의 기운에 대해서는 말하지 않았다.

아직 기운을 발동하지 않고 있는 악마였기에 그가 가지고 있는 능력이 무슨 계통인지 알지 못한다. 만약 흡수 계통의 능력을 가지고 있다면 문제가 심각해지기에 말하지 않은 것이다.

"그러면 이제 내가 질문할 차례인가?"

"조금 부족하긴 하지만, 그래도 약속은 약속이니 질문을 해보게나."

"마왕의 기운을 이용하면 다른 세계로 이동이 가능하다고 알고 있다. 정확한 방법에 대해서 알고 싶다."

"다른 세계로 이동하는 방법? 전혀 예상하지 못한 질문이군. 나는 악마의 약점에 관해서 말해줄 준비를 하고 있었는데 뜻밖의 질문이군. 그게 궁금하면 답해 주겠네. 딱 한 번 그런 적이 있었지. 그 인간의 이름이 진크스였던가? 인간계에서 가장 큰 제국을 보유했던 황제로 기억하고 있지. 그는 이전의 항마 전쟁에서 우리에게 패배를 알려준 유일한 인간이었지. 아니, 그가 인간이라고 생각되지는 않지만 어쨌든 겉모습은 인간이었으니. 말이 길어졌네. 그는 마왕님의 기운을 이용해 다른 세계로 이동하긴 했지. 어디로 이동했는지에 대해서는 나도 모르지만, 그가 차원을 이동한 것은 사실이지. 그런 식으로 차원을 이동할 수 있다는 사실을 나도 그때 처음 알았지. 그때는 겨우 마왕군의 하급 병사로 있었던 때라 정확히 보지는 못했지만, 그가 마왕의 기운을 흡수하는 장면은 똑똑히 목격했었지. 마왕의 기운을 흡수하자 그의 몸에서 눈이 따가울 정도의 빛이 쏟아져 나왔었지. 그러고는 사라졌네. 충분한 설명이 되지는 않겠지만 내가 알고 있는 것은 그게 전부라네. 그런데 이런 질문을 하는 이유가 뭔가? 혹시 자네도 다른 세상으로 가고 싶은 건가? 진크스 황제가 되고 싶은가 보군. 악마를 상대로 승리한 유일한 인간이니 그를 닮고 싶어 하는 것은 이해가 되지만, 여기를 떠나 다른 차원으로 이동하는 것은 매우 위험한 일이네. 물론 우리를 이기는, 불가능한 일이 선행되어야 하겠지만 말일세."

긴 설명을 들었지만 새로운 정보는 별로 없었다.

단지 마왕의 기운을 흡수하면 다른 차원으로 이동할 수 있다는 정도가 마코크를 통해 알게 된 정보의 전부다.

"입으로 하는 대화는 이 정도면 충분한 것 같은데. 어떻게 생각하는가? 더 대화를 하겠는가?"

우리는 이미 악마의 탑 9층에 오르기 전에 전투 준비를 마쳤었다.

그가 품위 넘치게 차를 마시고 있지 않았다면 진작 전투가 벌어졌을 것이다.

"서로 알고 싶어 하는 정보가 더 없어 보이니 끝을 내야지."

"그럼 저쪽으로 가지. 여기는 내가 아끼는 공간이라 상처를 입히기 싫군."

그를 따라 한적한 곳으로 이동했다.

"여기는 내가 수련장으로 사용하는 장소이네. 조금 협소하기는 하지만 전투를 하기에 부족하지는 않을 걸세."

그의 눈빛이 변했다.

품위 넘치던 그가 한순간에 살기를 가득 머금은 야수로 변했다.

전투 모드로 전환한 것이다.

급변한 분위기에 우리는 전투 진영을 갖추었다.

브로안은 방패를 높게 들어 불의의 일격에 대비했고, 스승님과 나는 고리의 기운을 끌어 올려 언제라도 공격이 가능할 수 있도록 했다.

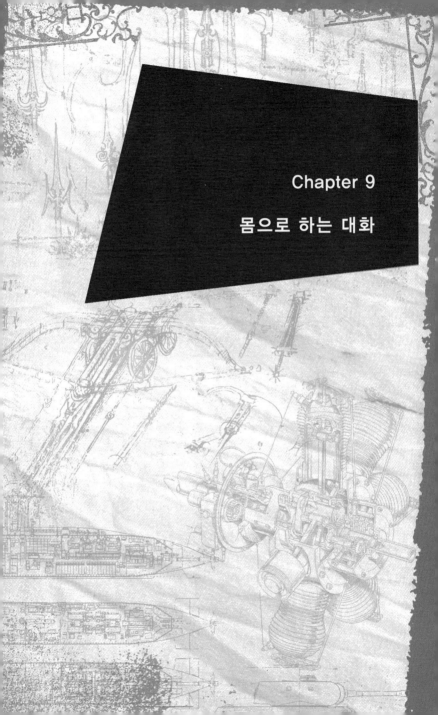

Chapter 9

몸으로 하는 대화

우리가 기운을 끌어 올리고 대비하자 갑자기 마코크의 분위기가 바뀌었다.

살기가 가득했던 그는 손을 놓고 우리를 멀뚱히 쳐다봤다.

"형님, 저 악마 새끼가 왜 저러는 거죠? 저것도 작전인가?"

"나도 모르겠다. 일단은 전투 준비를 계속해. 저렇게 있으면 우리가 먼저 공격을 하면 되니까."

선방 필승이라는 말도 있지만, 능력을 정확히 파악하지 못하고 있는 상대에게 먼저 공격하는 것보다 역습을 노리는 것이 더 효율적이다.

악마의 탑에서 악마들과 싸우며 배운 전투 방법이다.

하지만 마코크가 갑자기 기운을 풀고 우리를 바라만 보고 있으니 애매하게 되어 버렸다.

"크하하하! 인간에게서 달콤한 기운의 냄새를 맡을 줄은 몰랐군. 더는 흡수 계통의 악마의 피를 마실 수 있을 거라고 생각지 못했는데 인간이 흡수 계통의 기운을 가지고 있다니. 그것도 매우 농축된 기운을 말이야."

마코크의 말에 우리는 사색이 되었다.

"들켰다!"

마코크가 진크스 황제와 전투를 벌였을 때 하급 병사였다는 말에 감을 잡았어야 했다.

하급 병사의 자리에 있던 그가 어떻게 마왕의 친위대 수장까지 올라갔겠는가?

다른 흡수 계통의 악마를 하나하나 잡아먹으며 성장한 것이다.

"우리가 먼저 선공을 해야 한다. 절대 저 악마를 놓쳐서는 안 된다."

악마의 탑에서 만난 악마 중 먼저 도망을 가는 악마는 없었다.

하지만 만약의 사태를 대비해야 한다.

저 악마가 여기서 벗어나 다른 흡수 계통의 악마들에게 우리의 존재를 말하게 되는 순간 인간계는 피비린내가 진동하게 된다.

마코크의 입을 막아야 한다.

아직 기운을 끌어 올리지 않고 있는 마코크를 향해 부기사단장을 제외한 3명이 달려들었다.

가장 선두에서 브로안이 방패로 그의 시선을 가렸고, 나와 스승님의 왼쪽과 오른쪽으로 공격해 들어갔다.

고리의 기운을 가득 품은 검이 최단거리로 이동하는 장인의 검식을 따라 마코크의 옆구리를 향했다. 검은 단숨에 그의 옷깃에 다다랐다.

하지만 그 순간 마코크는 기운을 방출했고, 브로안을 제외한 우리들은 뒷걸음을 쳐야 했다.

브로안은 방패의 저항력 덕분에 뒷걸음을 치지는 않았지만 겨우 방패를 들고 방어하고 있을 수밖에 없었다.

"어떻게 인간이 흡수 계통의 마기를 가지고 있는지는 모르겠지만 아주 좋구나. 너희들의 힘만 흡수한다면 굳이 마왕의 부활을 기다리지 않아도 되겠구나. 팽팽하게 균형을 이루고 있는 흡수 계통의 악마들을 너희 덕분에 내가 흡수할 수 있겠어. 그리고 나는 새로운 마왕이 되겠구나. 이렇게 좋은 선물이 알아서 걸어올 줄이야. 정말 고맙구나."

여전히 살기는 전혀 보이지 않는 마코크다. 하지만 그의 눈에는 탐욕이 가득했다.

날카로운 살기보다 끈적한 탐욕이 우리의 기분을 더욱 더럽게 만들었다.

흡수 계통의 마족이다. 무조건 이겨야 한다.

고리의 기운을 아끼는 것은 사치다.

고리의 기운을 쥐어짜 모든 기운을 고리에서 몸으로 끌어냈다.

문양은 눈이 따가울 정도로 빛나고 있었고, 온몸에 고리의 기운이 충만해졌다.

한결 몸이 가벼워졌다.

우리가 사용할 수 있는 모든 아이템을 활성화시켰다.

요즘 들어 사용하지 않았던 레드식스와 영혼의 고리까지 발동시켰다.

그리고 나와 스승님은 퍼플 티까지 복용했다.

배수의 진이다.

단숨에 끝내지 못하면 우리는 저 악마의 힘을 키우는 원료로 전락해 버린다.

하지만 우리가 이긴다면 저 악마의 힘을 흡수해 악마의 탑을 공략할 원동력을 얻게 된다.

넘실거리는 기운이 눈앞에 있는 적을 불태우고 싶어 안달이 났다.

그래, 한번 너희들의 힘을 보여줘라.

나는 고리의 기운을 손바닥을 통해 마코크를 향해 방출했다.

회오리를 만들었던 기운이었지만 이번에는 날카로운 선으로 변해 마코크의 심장을 향해 날아갔다.

펑!

적중했다.

이번에는 기운을 이용해 공격을 막지 않은 그였다.

내가 이런 공격을 할 줄 몰랐던 건지, 아니면 너무 빠른 공격에 미처 대처를 못했던 건지 둘 중 하나다.

먼지 하나 묻어 있지 않는 그의 옷에 작은 구멍 하나가 생겼다.

심장 바로 위에 생긴 구멍이다.

타격이 없을 수가 없다.

"제법이군. 인간치고는 정말 대단해. 이 정도면 당장이라도 마계 서열 100위 안으로 들어올 수 있겠군. 하지만 나는 서열 7위에 올라가 있다네. 상대를 잘못 만났군. 내가 아니라 다른 악마가 여기에 있었다면 자네들을 막지 못했을 거야. 아직 모르고 있는 것 같은데 오랜만에 만난 흡수 계통의 기운을 가지고 있는 인간이니 설명해 주지. 같은 기운을 가지고 있는 존재끼리는 기운이 통하지 않는다네. 이런 식으로 이용되는 기운을 흡수할 수는 없지만 기운도 나에게 타격을 입히지 못하지. 물론 나의 기운도 자네와 저기 늙은 인간에게 타격을 입힐 수 없지. 오직 육체의 힘으로만 전투를 해야 되는 것이지. 그 전에 방해꾼들을 먼저 처리할까."

서로에게 기운을 통해 공격할 수 없다고 말한 마코크가 무슨 이유인지 기운을 끌어내고 있다. 그의 기운은 내가 가지고 있는 기운보다 훨씬 강대했다.

만약 기운을 통해 공격할 수 있었다면 나와 스승님은 단숨에 제압되었겠네.

기운을 통해 공격할 수 없는 게 오히려 우리에게 더 도움이 되겠는데.

육체의 힘만으로 싸운다면 브로안이 최강이니까.

펑!

마코크의 기운이 무언가와 부딪쳐 폭발했다.

어디를 노리고 공격한 거지?

폭발이 일어난 곳으로 고개를 돌렸다. 거기에는 브로안과 부기사단장이 있었다.

"브로안!"

한 번의 공격에 피를 토하고 있는 브로안이다.

뼈에 문양을 새겨 방어력과 재생력을 강화시킨 브로안이었지만 마코크의 공격은 브로안의 능력을 상회했다.

"무슨 짓이냐!"

"방해꾼을 처리한다고 하지 않았나. 완전히 죽이지는 못했지만 그래도 끼어들지는 않겠군. 그러면 우리끼리 진솔한 대화를 해볼까."

그렇군. 브로안은 고리의 기운을 가지고 있지 않으니 마코크의 기운이 통하는 거였어.

왜 이렇게 멍청하게 생각했을까.

멍청한 생각 덕분에 가장 강한 육체의 힘을 가지고 있는 브로안이 전투에 참여할 수 없게 되었다.

브로안 조금만 더 기다려 금방 끝내고 치료해 주러 갈게.

스승님은 돌아가는 분위기를 읽고 내 옆으로 천천히 걸어왔다.

따로 싸워서 이길 수 있는 상대가 아니다.

우리가 힘을 합쳐야 겨우 이길 수 있다.

고리의 기운이 통하지 않는다고는 하지만 문양을 통해 강화시킨 육체의 능력은 통할 것이다. 그리고 아이템의 고유 능력도 통한다.

충분히 승산이 있다. 악마가 인간과 비교할 수 없을 정도로 강한 육체를 가지고 있다고는 하지만 우리가 보유하고 있는 아이템으로 충분히 대처가 가능하다.

여유롭게 우리를 바라보고 있는 마코크의 주위를 돌며 빈

틈을 찾았다.

전투를 즐기는 스승님도 결코 섣불리 움직이지 않았다.

본능적으로 마코크가 위험하다는 것을 느끼고 있는 것이다.

우리는 그렇게 허점을 찾기 위해 무의미한 동작을 계속하며 시간을 보냈다.

"먼저 공격할 생각이 없는 거 같군. 그렇다면 내가 먼저 공격을 해야겠군. 처음이자 마지막으로 공격할 기회를 준 것인데, 내 호의를 무시하니 어쩔 수 없지."

마코크가 움직인다.

느릿하게 오른쪽 다리를 들어 올리는 그였다.

퍽!

왼쪽 어깨가 아프다. 망치로 맞은 것처럼 왼쪽 팔이 전혀 움직이지 않는다.

어떻게 된 일이지.

어깨를 부여잡고 상황을 살폈다.

그냥 다리만 들어 올린 마코크였지만 어느새 그는 나에게 공격을 하고는 다시 원래의 자리로 돌아갔다.

그는 기운을 사용하지 않고서도 내 눈을 속이는 공격을 할 수 있다.

내가 너무 쉽게 생각했어.

악마의 육체 능력이 저렇게 뛰어나다니.

지금까지 우리가 상대했던 악마와는 완전히 다르다.

기운은 물론이고, 육체의 능력까지 내 상상을 벗어났다.

마계 서열 7위가 저 정도면 마코크보다 강한 악마는 어떤 능력을 가지고 있단 말인가.

"아직도 공격할 생각이 없나? 그러다가 죽는 순간까지 방어만 해야 될지도 모른다네."

마치 나를 걱정한다는 듯한 말투.

하지만 그는 전혀 나를 걱정하지 않고 있었다.

단지 먹기 좋게 요리를 하고 있는 중이다.

품위 넘치는 그의 말투와는 달리 그의 눈은 탐욕으로 불타고 있다.

그래, 이렇게 방어만 할 수는 없지.

공격을 하자.

전혀 움직이지 않던 왼쪽 어깨가 보호의 문양에 의해 어느 정도 회복이 되었다.

완벽한 상태는 아니었지만 공격 한 번 할 정도는 되었다.

몸을 웅크렸다가 펴며 앞으로 빠르게 나아갔다.

다리에 있는 문양이 발동되었고, 나는 바람이 되어 마코크를 향해 뛰어들었다.

쉬잉!

마코크 앞으로 빠르게 다가가 검을 휘둘렀다.

하지만 검은 허공만을 갈랐다.

그는 내 공격을 너무도 쉽게 피해내었다.

그 순간 스승님이 움직였다.

내 공격을 피하느라 스승님에게 관심을 가지지 않고 있는 마코크다.

그의 후방을 노리고 공격하는 스승님의 공격은 외통수였다.

쉬잉!

하지만 마코크는 뒤통수에도 눈이 달렸는지 스승님의 공격을 너무도 쉽게 피해내었다.

조금씩 의욕이 사라진다. 이보다 더 강한 공격을 할 자신이 없다.

그리고 공격을 계속한다고 해도 마코크에게 작은 상처 하나 만들 수 없을 것 같다.

어떻게 해야 하지.

이대로 끝인가?

그럴 수는 없지. 카인트 공작님을 생각해서라도 이렇게 포기할 수는 없다.

나를 살리기 위해 대신 죽은 공작님은 내가 포기하는 모습을 보고 싶어 하지 않을 것이다.

나는 다시 마코크를 향해 달려들었다.

장인의 검식을 이용해 최대한 빠르고 날카롭게 검을 찔러 넣었다.

가슴을 노리고 들어간 내 공격을 이번에도 몸을 살짝 틀어 피해내는 그였다.

나는 여기서 멈추지 않고 그에게 찔러 들어가는 속도를 이용해 몸을 회전했고, 그대로 그의 얼굴을 향해 발을 내밀었다.

완벽한 뒤돌려차기.

하지만 이번에도 발끝에 아무런 감촉도 느껴지지 않는다.

"이번 공격은 꽤나 괜찮았어. 마계 서열 100위권이라는 말을 정정하지. 이 정도면 80위권까지 들어올 수 있겠어."

"그런 칭찬은 필요 없어!"

응어리진 화를 담아 다시 그에게 달려들었다.

하지만 이번에도 그의 옷깃 하나 스치지 못했다.

고리의 기운을 이용해 그의 옷에 구멍을 뚫은 것을 제외하면 그의 옷깃을 건드린 공격을 한 적이 없다.

스승님은 나보다 상황이 더욱 좋지 않았다.

육체 수련을 게을리한 적은 없지만 나보다 약한 고리를 가지고 있었고, 문양을 통해 강화된 육체의 등급이 나보다 낮았다.

스승님의 몸은 만신창이가 되어 있었다.

단지 공격을 한 것뿐이었지만 모든 힘을 동원해 한 공격이었기에 공격하는 것만으로 지쳐가고 있는 것이었다.

"이제 충분하겠지? 이렇게 지겨운 공격을 구경하는 것도 지겨워져서 말이야."

마코크가 내려놓았던 손을 들어 올렸다.

이제는 그의 공격을 막아야 한다.

펙!

젠장, 보이지도 않는 공격을 어떻게 막으란 말이야!

이번에도 그의 공격에 어깨를 내주어야 했다.

고기를 다지듯이 온몸을 두드리는 마코크였다.

아무리 문양으로 몸을 보호하고 있다고는 하지만, 회복하는 속도보다 그의 공격 속도가 훨씬 빨랐기에 몸에 상처가 사라지지 않고 있다.

그래, 나에게는 마코크처럼 강한 육체적 능력은 없지만 다양한 아이템이 있다.

보관 상장에서 급히 아크타르 폭탄을 꺼냈다.

폭탄의 파괴력이라면 한 방 정도는 먹일 수 있겠지.

"이거나 먹어라!"

보관 상자에서 꺼낸 아크타르 폭탄을 야구공을 던지는 투수처럼 그를 향해 던졌다.

펑!

폭발음과 함께 먼지가 피어오른다.

하지만 한 개의 아크타르 폭탄이 마코크에게 큰 피해를 주지는 못하겠지.

손에 집히는 대로 아크타르 폭탄을 그가 있는 방향으로 던졌다.

수십 개의 아크타르가 폭발했고, 먼지는 하늘을 뒤덮었다.

어떻게 되었을까?

쓰러졌을 거라고는 생각하지 않는다.

악마의 탑 8층에 있는 악마들도 아크타르 폭탄의 폭발력보다 높은 방어력을 가지고 있다.

마코크는 당연히 8층의 악마들보다 더 강한 방어력을 가지고 있을 것이다.

내가 노리는 것은 조금이라도 힘을 빼는 것이다.

쉬이이잉!

마코크가 있는 곳에서 바람이 강하게 불어온다.

익숙한 바람이다.

고리의 기운으로 회오리를 만들어낸 것과 같은 기운이다.

즉 바람을 만든 존재가 마코크라는 뜻이었다.

순식간에 불어닥친 바람에 의해 하늘을 뒤덮던 먼지가 사라졌다.

그리고 마코크가 폭발에 의해 생긴 웅덩이의 중심에서 걸어 나왔다.

"생각보다 좋은 공격이었어. 더 없나? 꽤나 재밌는 경험이었군."

그는 이전과 전혀 다르지 않은 상태였다.

단지 옷에 먼지가 조금 묻게 했다는 것 정도가 아크타르를 통해 얻은 이득이었다.

*　　　*　　　*

아크타르 폭탄까지 그에게 통하지 않는다.

하긴 폭탄의 폭발력은 기운을 사용하면 방어할 수 있긴 하지.

나도 고리의 기운을 사용하면 폭발을 견딜 수는 있다.

하지만 저렇게 아무런 피해를 입지 않을 자신은 없다.

아크타르가 통하지 않으면 어떻게 마코크의 힘을 뺄 수 있을까.

"더는 없는가 보군. 그러면 이제 내 차례군. 한번 막아보게나."

생각할 시간을 주지 않는 마코크다.

나를 향해 빠르게 달려오는 마코크에게 집중해야 했다.

다른 생각을 하다가는 그의 손에 심장을 내주고 만다.

그는 나의 앞에서 멈추어 서고는 작게 웃었다.

공격을 할 테니 막을 수 있으면 막아봐라.

그의 생각이 절로 머릿속에 떠올랐다.

그래, 한번 해봐라. 다 막아주겠어!

마코크의 공격이 시작되었다.

그는 검을 벨트에 부착하고 있긴 했지만 나를 얕보고 있었기에 무기를 사용하지 않고 오직 손으로만 공격을 했다.

그것도 왼손으로만 말이다.

마코크는 손을 세워 내 몸을 향해 빠르게 찔렀다.

나는 이번에도 그의 손을 놓쳤다.

내 동체 시력으로는 그의 공격을 확인할 수가 없다.

푹!

그의 손끝이 내 가슴을 후벼 팠다.

마지막 순간 몸에 힘을 줘 방어를 했기에 망정이지 조금만 늦었어도 그의 손은 내 몸을 완전히 관통했을 것이다.

"오호, 그래도 반응은 하는군. 역시 흡수 계통의 기운을 가지고 있는 존재답군. 그럼 이번 공격도 한번 막아보게나."

그의 손이 다시 사라졌다.

손이 향하는 방향을 읽을 수 있었기에 광범위하게 문양을 발동시켜 몸의 방어력을 올렸다.

하지만 그의 공격을 막아내기에는 약했다.

이번에도 그의 공격에 살 한 움큼이 떨어져 나갔다.

손을 끊임없이 움직이고는 있었지만 혼자 쇼를 하는 것과 다름없는 동작들이다.

젠장! 이렇게 무기력한 기분은 오랜만이다. 6층에서 브라운을 상대로 느낀 이후에 이런 감정을 느낀 적은 처음이다.

어떻게 해야 좋을까. 당하기만 하는 것은 내 스타일이 아니다.

약점을 찾아야 한다.

미처 예상하지 못한 공격을 해야 한다.

나는 고리의 기운을 발끝으로 가져갔다. 고리의 기운으로 마코크에게 피해를 가할 수는 없지만 그래도 눈을 속이는 정도는 가능하다.

발바닥으로 모인 기운을 살며시 방출했다.

발바닥을 통해 방출된 기운들은 내 의지에 따라 회전하기 시작했고, 작은 회오리를 만들었다. 지금의 상황을 모면하기 위해서는 이 방법뿐이다.

고리의 기운으로 직접적으로 공격할 수는 없지만 간접적으로 공격하는 것은 가능하겠지.

다시 마코크가 공격해 온다.

이번에는 오른쪽 어깨군.

그의 손은 사라졌지만 방향 정도는 예측이 가능하다.

나는 어깨에 새겨진 문양을 강하게 활성화시켜 그의 공격을 완충시켰다.

그러고는 바로 발바닥에 고리의 기운을 강하게 밀어내었다.

느리게 회전하는 회오리는 순간 강하게 움직였다.

주변의 흙들이 회오리의 흡입력에 휘날렸고, 나와 마코크 사이에 회오리가 생겨났다.

잠시 나를 놓친 마코크다. 나는 급히 보관 상자에서 은신의 망토를 꺼내 덮어썼다.

방법을 생각하기 위해서는 시간이 필요하다.

"호! 시간을 벌고 싶은가 보군. 그러면 시간을 주도록 하지. 자네 말고도 상대할 사람이 한 명 더 있으니 말일세."

내가 사라지자 그는 목표를 스승님으로 바꾸었다.

스승님은 마코크가 자신보다 훨씬 강한 존재라는 걸 알고 있다.

하지만 도망을 가지는 않았다.

내가 보고 있었기 때문이기도 했지만 스승님은 후퇴를 모르는 성격을 가지고 있다.

"나를 만만하게 보지 마라!"

스승님의 몸에서 노란색의 문양이 빛난다.

나보다 낮은 고리를 가지고 있었기에 문양이 노란색으로 빛나고 있는 것이다.

문양이 완전히 활성화되자 마코크를 향해 달려가는 스승님이다.

마코크는 이번에도 스승님의 공격을 피하기만 할 생각인지 손을 내렸다.

마코크가 언제 마음을 바꿀지 모른다.

그동안 마코크를 제압할 방법을 생각해야 한다.

어떻게 하면 좋을까.

악마의 약점이 뭘까? 악마의 힘의 원천은 마기다. 그리고 가장 많은 마기가 보관되어 있는 장소는 마기의 결정체다.

몸속에 모여 있는 마기들이 마기의 정수를 만들겠지.

일정 능력 이상의 악마들은 마기의 정수를 가지고 있다. 그리고 마기의 정수는 힘의 원천이자 약점이다.

악마는 마기의 정수가 깨지면 데빌 실에 봉인되어 버린다.

마기의 정수를 한 번에 부서야만 마코크를 제압할 수 있다.

하지만 옷깃도 제대로 스치지 못하는 상황에서 마기의 정수를 직접적으로 공격하는 것은 불가능에 가깝다.

하지만 해야만 한다. 무조건 해야만 한다.

스승님이 벌어주는 시간을 헛되이 보낼 수는 없다.

"벌써 지쳤는가? 생각보다 약하군. 너에게 주어진 시간은 이제 끝났다. 이만 나에게 흡수되거라."

참을성이 약한 마코크다. 그는 10분도 지나지 않았건만 마음을 바꿔 스승님을 공격하려고 하고 있었다.

"그만 나와 놀지 그래!"

"오호! 이제는 나를 상대할 방법을 찾았나 보군. 얍삽한 방법으로 도망갈 때와 달리 자신감이 넘치는 표정이군. 무슨 방법을 찾았는지 확인해 보마."

다행히 마코크가 나에게 관심을 가진다. 스승님을 뒤로하고 나에게 다가오는 마코크였다.

"그래, 공격해 보거라. 무슨 방법인지 궁금하구나."

나는 검을 들어 그에게 찔러 들어갔다.

하지만 그는 내 공격을 손가락으로 막았다.

"전보다 더 약해졌군. 어떻게 된 거지? 나를 막을 방법을 찾은 것이 아닌가? 몸에서 기운도 느껴지지 않는군. 벌써 체력이 다 된 것인가? 그렇다면 이만 죽을 시간이군."

그가 강하게 손가락을 휘두르자 손에 잡혀 있던 검이 바닥으로 떨어졌다.

그의 손이 심장을 노리고 다가온다.

고리의 기운이 심장에 모여 있다는 사실을 알고 있는 마코크였기에 심장을 향해 공격해 오는 것이다. 그의 손이 가슴을 뚫고 심장을 빼내었다.

"심장에서 전혀 기운이 느껴지지 않는군. 어떻게 된 일이지?"

처음으로 당황하는 마코크다.

당연하지. 네가 죽인 것은 나의 환영이니까.

나는 물의 환영을 이용해 그의 관심을 끌었다.

그리고 지금 그에게 허점이 생겼다.

당황스러운 감정을 감추지 못하고 머뭇거리는 그의 가슴이 열려 있다.

은신 망토의 능력을 최대한 살려 그에게 다가갔다.

그러고는 고리의 기운에 의해 구멍이 뚫려 있는 옷 부분을 향해 검을 찔러 넣었다.

푹!

감촉이 느껴진다.

미처 몸을 방어할 생각을 하지 못했던 마코크였기에 검이 그의 몸을 파고들어간 것이다.

"얍삽한 수를 쓰는구나."

그의 가슴에서 피가 흐르고 있다.

인간의 피처럼 붉은색은 아니지만 보라색의 피가 흘러내리고 있다.

처음으로 그에게 타격을 입힌 것이다.

하지만 다음 기회는 없다.

이번 공격에 끝을 내야 한다. 나는 검에 힘을 더 불어넣었다.

마기의 정수가 있는 부분이다. 마기의 정수만 파괴한다면 마코크를 제압할 수 있다.

또각!

마코크의 심장에 박혀 있는 검이 부러졌다.

마코크가 검을 부순 것이다. 그는 거기서 멈추지 않고 내 머리를 흔들어 놓았다.

엄청난 충격에 나는 쓰러졌다.

한 번의 공격이었지만 치명적이었다.

나는 한 발자국도 움직일 수가 없었다.

"아깝구나. 조금만 왼쪽을 공략했다면 마기의 정수를 부술 수 있었겠지만, 아쉽게도 마기의 정수에 닿지 못했구나. 그래도 나에게 공격은 성공했으니 실망은 하지 말거라."

마코크가 다가온다. 도망가야 한다. 발을 움직여 그의 손을 피해야 한다.

하지만 몸이 움직이지 않는다.

손가락 하나 움직이지 않는 상황에서 몸을 움직이는 것은 불가능했다.

그가 천천히 나를 일으켜 세운다.

그러고는 손톱을 세워 가슴을 찌른다.

이미 머리가 흔들려 정신을 차릴 수 없었기에 고통은 느껴지지 않는다.

나는 마치 제삼자처럼 그가 내 가슴을 후벼 파는 것을 구경했다.

반항할 수 없으니 구경꾼이 된 것이다.

이렇게 죽는구나.

결국 한국으로 돌아가지 못했네. 우리가 사라지면 다른 사람이 악마의 탑을 공략할 수 있을까?

내가 진크스 황제가 될 수 있을 거라고는 생각하지 않았지만 그래도 악마와 싸울 수 있는 유일한 사람이라고 생각했는데 주인공은 내가 아니었나 보네.

죽음의 시간이 기네.

마코크는 내 심장을 뽑아내고 있다.

고리의 기운이 잔뜩 담겨 있는 심장이 뽑히고 있다.

이제 조금만 더 힘을 주면 고리의 심장이 몸을 떠나 마코크에게로 간다.

그 순간 품속에서 환한 빛이 튀어나왔다.

갑자기 어디서 나오는 빛이지?

품속에 있는 존재에 대해 생각이 난다.

네르. 신수 네르가 품속에 있다.

네르는 마기를 흡수한 이후에도 내 품속에서 지냈다.

하지만 전처럼 네르의 무게를 느끼지 못했다.

무슨 방법을 사용했는지는 모르겠지만 내 품속에서 귀신처럼 지내고 있는 것이다.

그런 네르가 빛을 낸다.

이 빛이 무슨 능력을 가지고 있을까?

네르, 너만이라도 살아.

아직 네르는 작은 고양이의 모습이다. 마코크를 상대로 이길 수 있을 리가 없다.

제발 나오지 말고 그대로 있어.

제발!

속으로 외치는 소리를 듣지 못한 네르는 결국 밖으로 나왔다.

"이건 무슨 동물이지? 처음 보는 동물이구나. 밝은 빛을 내는 동물이 있다니. 마계에도 이런 마수는 없는데 신기하구나. 하지만 그것뿐이지."

마코크는 다시 심장을 쥔 손에 힘을 주었다.

그러자 네르가 몸을 강하게 떨었다.

마코크의 손보다 더 빠르게 몸을 떠는 네르의 모습은 이제 잔상으로만 보였다.

*   *   *

"이제 입으로 하는 대화는 이 정도면 충분한 것 같은데. 어떻게 생각하는가? 더 대화를 하겠는가?"

이게 무슨 상황이지? 눈앞에는 여전히 마코크가 보였지만 내 몸은 온전했다.

손가락을 살짝 움직였다. 생각대로 움직인다. 다리도 물론이고 모든 부위가 자연스럽게 움직였다.

불과 1분 전만 해도 손끝조차 움직이지 못했다.

나는 급히 가슴에 손을 가져다대었다.

가슴에서 피가 흐르지 않는다. 그리고 심장도 두근거리며 뛰고 있다.

어떻게 된 일이지? 그리고 지금 마코크가 하고 있는 말은 전투를 하기 직전에 했던 말인데.

네르는 어떻게 되었지?

나는 급히 품을 뒤졌다.

품에서 네르의 무게가 느껴졌다.

마기를 흡수한 이후 전혀 느껴지지 않았던 네르의 무게가 느껴지는 것이다.

나는 마코크를 무시하고 한 걸음 뒤로 물러나 네르를 확인했다.

네르는 죽은 듯이 자고 있다.

분명 지금의 상황은 네르와 관련이 있다.

그렇구나. 네가 나에게 다시 한 번 기회를 준 거구나.

고맙다.

신수의 능력에 대해서 생각도 하지 않고 있었다.

그런데 네르의 능력이 시간 되돌리기일 줄이야.

조금 아쉽기는 했다. 악마의 탑 9층에 오르기 전으로 시간을 돌려주었다면 더 나은 상황이었겠지만 네르의 능력의 한계가 여기까지인 듯싶었다.

사람의 욕심이 끝이 없네. 이런 기회를 준 것도 기적 같은 일인데. 보따리를 찾고 있네.

"여기까지 애완동물을 가지고 왔나? 인간이 무슨 생각을 가지고 있는지 나는 도저히 이해를 하지 못하겠군."

나는 네르를 부기사단장에게 맡겼다.

그리고 네르의 목에 생명 유지 아이템을 착용시켰다.

이 아이템만 착용하고 있으면 죽지는 않을 것이다.

네르가 나에게 준 마지막 기회를 놓치지 않는다.

한 번의 경험이 있기에 마코크를 상대할 방법이 머릿속에 그려졌다.

"그래, 이제 더는 서로 궁금한 사항이 없어 보이는데, 바로 본론으로 들어가지."

고리의 기운을 이용해 마코크에게 피해를 입힐 수 없다는 사실은 이미 알고 있다.

그리고 그가 가장 먼저 브로안과 부기사단장을 공격할 거라는 사실도 알고 있다.

그렇다면 내가 어떻게 해야 할까.

무작정 그를 공격하는 것보다 브로안과 합쳐 그를 공격해야 한다.

전에는 나와 스승님만이 그를 상대했기에 허점을 제대로 노리지 못했다.

그리고 지금은 마코크가 방심을 하고 있다.

내가 고리의 기운을 사용해 자신을 공격하는 순간을 속으로 웃으며 기다리고 있겠지.

그 허점을 노리면 가능하다.

"브로안, 전투 준비를 해."

그는 처음과 같은 모습으로 천천히 우리를 향해 걸어왔다.

브로안의 방패를 높게, 굳게 쥐며 방어 자세를 취했다.

스승님도 전처럼 고리의 기운을 일으켜 문양을 활성화시켰고, 나머지 기운을 방출할 기회를 노리고 있었다.

이전이었다면 나도 고리의 기운을 방출하려고 했겠지.

하지만 지금은 아니지.

천천히 다가오는 마코크를 향해 스승님이 먼저 기운을 방출했다.

이전과 달라졌다.

전에는 내가 먼저 참지 못하고 마코크를 향해 기운을 방출했었다.

픽!

고리의 기운을 몸으로 맞은 마코크가 한 번 했던 대사를 다시 한다.

"오랜만에 만난 흡수 계통의 기운을 가지고 있는 인간이니 설명해 주지. 같은 기운을 가지고 있는 존재끼리는 기운을 이용한 공격이 통하지 않는다네. 이런 식으로 이용되는 기운을 흡수할 수 없고, 나에게 타격을 입히지도 못하지. 물론 나의 기운도 자네와 저기 늙은 인간에게 타격을 입힐 수 없지. 오직 육체의 힘으로만 전투를 해야 되는 것일세."

같은 대사를 들으며 나는 작전을 실행했다.

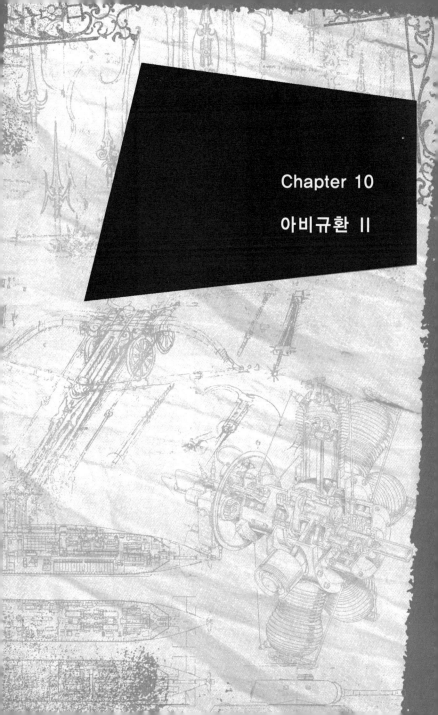

Chapter 10

아비규환 II

나를 제외한 다른 사람들은 마코크의 행동에 얼이 빠져 있었다.

마코크를 제압하기 위해서는 동료들의 도움이 필요하다.

혼자서는 그를 상대할 수가 없다.

마코크의 육체 능력은 우리를 훨씬 상회한다. 그의 가슴에 검을 넣었던 것은 기적에 가까운 일이었다. 그리고 네르가 힘이 빠져 있었기에 또 다른 기회는 없다.

마지막 기회였다.

"브로안, 마코크가 너를 가장 먼저 공격할 거야. 나와 스승님을 흡수해 강해지려고 하는 그에게 너는 장애물에 불과하니까. 그러니 뒤로 물러나 있어."

보통은 브로안의 우리를 지킨다. 하지만 강대한 기운을 가지고 있는 마코크를 막기에는 역부족이다. 하지만 나와 스승님은 가능하다.

우리의 기운이 마코크에게 통하지 않는 것처럼 그의 기운이 우리에게 피해를 입힐 수 없다.

지금은 우리가 브로안을 지켜야 했다.

브로안은 정확히 무슨 상황인지 이해를 하지는 못했지만 내 지시에 따라 나와 스승님의 뒤로 물러났다.

나는 브로안에게 보관 상자에서 꺼낸 아크타르 폭탄을 쥐어주었다.

"내가 신호를 하면 아크타르를 마코크에게 던져."

브로안의 키만큼 쌓여 있는 아크타르다.

이 정도 양이면 웬만한 군대 하나쯤을 박살 낼 수 있다. 하지만 마코크에게는 통하지 않는다.

그렇지만 그의 신경을 분산시키는 정도는 가능하다.

나는 고리의 기운을 끌어 올렸다. 손바닥에 가득 담긴 고리의 기운을 방출했다.

날카로운 선도 아닌 광대한 회오리도 아닌 특화되지 않은 고리의 기운이다.

이번 공격은 브로안이 폭탄을 던질 시간을 벌기 위한 눈속임이었다.

내가 쏘아낸 고리의 기운을 몸으로 받은 마코크의 옷에 구멍이 생겼다.

"기운을 이용한 공격은 통하지 않는다고 하지 않았나. 믿음이 부족하군."

마코크는 구멍 난 옷을 가볍게 털며 여유를 부렸다.

하지만 그런 여유가 그의 발목을 잡을 것이다.

"브로안, 지금이야!"

"이거나 먹어라!"

브로안은 아크타르 폭탄을 한 번에 5개를 집어 던졌고, 연이어 자신의 키만큼 쌓여 있는 아크타르 폭탄을 마코크가 있는 방향으로 던졌다.

이제는 내가 움직일 차례다.

"스승님, 그리고 브로안, 악마의 시선을 끌어주세요."

내가 무슨 생각을 하고 있는지 모르고 있는 그들이었다. 설명해 줄 시간은 없다.

하지만 믿는다.

나는 먼지가 가라앉기 전에 움직여야 한다. 미리 꺼내놓은 은신 망토를 착용하고 폭발이 끝나지 않은 전방으로 빠르게 이동했다.

먼지가 시야를 가렸지만 마코크가 있는 위치는 알 수 있다.

그는 자신이 이런 공격에 한 발자국도 움직이지 않고 싶어할 것이다. 우리를 얕보고 있기에 굴욕감을 줄 수 있는 방법을 사용했었다.

나와 스승님의 공격을 손을 내리고 막았던 것이 그 증거였다.

바람이 거세게 불기 시작한다.

마코크가 청소를 시작하고 있는 거겠지.

예상처럼 바람의 근원지는 구덩이의 중심이었다.

마코크는 자신의 기운을 이용해 하늘을 뒤덮고 있는 먼지를 날려버리고 있다.

그러고는 우리에게 자신의 건재함을 과시하고 싶겠지.

방심을 하고 있는 지금이 절호의 찬스다.

하지만 조금 부족하다. 마코크의 시선을 완전히 끌 무언가가 필요하다.

"교양 있는 척하는 변태 악마 새끼야! 먼지를 뒤집어쓴 기분이 어떠냐?"

브로안이다.

이렇게 천박하게 상대를 도발하는 능력을 가진 사람은 브로안뿐이다.

브로안의 말에 마코크의 이마에 열십자의 주름이 생겼다.

"건방진 놈."

마코크가 기운을 끌어내고 있다. 방해되는 브로안을 처리할 생각 같았다.

그 순간 브로안의 앞을 가로막는 스승님이다.

"같은 계통의 기운은 통하지 않는다고 했었지? 그러면 나를 공격하는 것이 불가능하겠네?"

짧은 시간이지만 스승님은 브로안의 말투를 완전히 습득했다.

역시 나쁜 건 빨리 배우는구나.

마코크는 고리의 기운으로 스승님을 뚫을 수가 없기에 방출 대기 중이던 기운을 내려놓고 직접 움직이려고 하고 있었다.

그는 빠르게 브로안과 스승님이 있는 곳으로 이동했다.

나는 그의 뒤를 은밀히 따라갔다.

"그래도 오랜만에 만난 같은 계통의 존재들이라 오래 놓고 싶었지만 예의가 없군. 예의가 없는 자에게는 기회를 줄 필요가 없지."

그는 자신의 앞을 가리고 있는 스승님을 거칠게 밀쳐 내고는 브로안과 그의 옆에 있는 나의 환영을 공격하려고 했다.

브로안은 방패를 들어 올려 그의 공격을 방어하려고 했고, 나는 분신을 조종해 그에게 달려들었다.

"네 차례는 아직 멀었다."

마코크는 내 분신을 밀쳐내고는 브로안의 방패를 기운이 가득 담긴 주먹으로 내려쳤다.

쾅!

한 번의 공격이었지만 방패는 움푹 파였다.

브로안은 전처럼 한 방에 전투 불능 상태에 빠지지는 않았지만 큰 피해를 입긴 했다.

브로안은 겨우 방패만 들고 서 있었다.

"그래도 인간치고는 강하군. 내 기운이 담긴 공격을 막아내는 인간이 있을 거라고는 상상도 못 했어. 서열이 높은 악마 중에서도 내 공격을 막아낼 수 있는 능력을 가진 악마는 많지 않다. 지옥에서 자랑거리로 삼아라."

마코크는 거칠게 브로안에게서 방패를 분리했다.

그의 손에 들린 방패는 허공을 날아갔다. 완전히 무방비 상태가 된 브로안을 향해 마지막 공격을 하려는 마코크다.

지금이다. 브로안을 공격하기 위해 손을 들어 올린 마코크의 가슴을 향해 검을 찔렀다.

이전에 실수했던 방향에서 왼쪽으로 살짝 틀어서 공격했다.

퍽!

그에게 공격하는 순간 은신은 풀렸다.

마코크는 자신의 심장을 찌른 나를 바라봤다.

정확히 찔렀나? 마기의 정수를 찔러야만 그를 제압할 수가 있다.

이번에도 실패했나?

강대한 그의 기운이 여전히 느껴진다.

"감히 인간 따위가 나를 공격하다니."

그는 들어 올린 손으로 나에게 내려치려고 했다.

그 순간!

쏴아아아!

엄청난 마기가 공기 중으로 방출되었다.

성공이다!

그의 몸에서 엄청난 마기가 주인을 잃고 흘러내리고 있었다.

마기의 정수를 부수는 데 성공한 것이다.

나는 거기서 멈추지 않고 검을 비틀어 더 깊게 찔렀다.

완벽하게 끝을 내야 한다. 어설프게 동정심을 보이면 우리가 당한다.

마코크가 검의 중앙을 맨손으로 잡았다.

또각!

그는 힘겹게 손에 힘을 주어 검을 부러뜨렸다.

이전에는 손가락만으로 했던 일을 이제는 안간힘을 써야만 가능한 것이다.

확실히 힘이 줄어들었다.

치명상을 입히기는 했지만 마지막 일격을 가해야 한다.

나는 왼쪽 벨트에 달려 있는 단도를 꺼내 재차 그의 가슴을 찔렀다.

옷깃도 제대로 공격하지 못했던 전과 달리 그는 내 검을 허용했다.

나는 검으로 그의 가슴을 찌르고 또 찔렀다.

움푹 파인 그의 가슴은 뼈를 드러내고 있었고, 반으로 부러진 마기의 정수가 보였다.

목표가 눈에 보이자 나는 미친 듯이 그에게 달려들었다.

마코크가 반항을 하고 있긴 했지만 그의 공격은 감당할 수 있다.

그의 주먹에 얼굴과 팔목에서 피가 흐르고 있었지만 몸을 움직이지 못할 정도는 아니다.

진흙탕 싸움처럼 변했다.

나는 집요하게 그의 가슴에 검을 찌르려고 했고, 그는 손을 허우적거리며 내 공격을 막았다. 하지만 그의 힘이 점점 약해지고 있는 것이 느껴진다.

이제 조금만 더 하면 마코크를 소멸시킬 수 있다.

"내가 이렇게 당할 것 같으냐! 인간에게 소멸당하느니 다른 악마의 먹잇감이 되겠다.”

마코크는 가슴에 손을 집어넣었다.

그는 움푹 파인 상처를 손으로 후벼 팠다.

피가 가득 묻은 손을 가슴에서 빼내는 그의 손에는 반으로 잘린 마기의 정수가 한 조각 들려 있다.

“너희 덕분에 인간계는 계획보다 빨리 멸망할 것이다. 내 눈으로 보지 못하는 것이 억울하구나.”

그가 한 조각의 마기의 정수를 바닥에 던졌다.

그러자 마기의 정수에서 엄청난 양의 마기가 흘러나왔다.

엄청난 양의 마기가 쏟아지자 나는 뒷걸음질을 칠 수밖에 없었다.

엄청난 압력이다.

“안 돼!”

그가 사라지고 있다. 그는 데빌 도어를 향해 절뚝거리며 걸어가고 있다.

이대로 그를 놓쳐서는 안 된다.

그의 말처럼 인간계는 다시 악마와의 전쟁을 벌이게 된다.

아직 준비가 되지 않은 인간계다. 그를 이대로 놓아줘서는 절대 안 된다.

하지만 마기의 정수가 폭발하면서 만들어내는 폭풍에 앞으로 나아가지를 못하고 있다.

나는 계속해서 그를 붙잡기 위해 소리쳤지만 뜬 눈으로 그가 사라지는 모습을 지켜봐야만 했다.

그렇게 그를 놓쳤다.

*　　　*　　　*

마코크가 사라진 지 1시간이 지났다.

그동안 나는 부상당한 브로안과 스승님을 치료했다.

크게 부상을 입지 않았기에 천사의 눈물 한 병이면 치료가 가능했다.

다친 사람 없이 악마의 탑 9층을 공략하는 데 성공했지만 기분이 좋을 수가 없었다.

얼마 지나지 않아 악마의 탑에서 몬스터와 악마들이 쏟아져 나올 것이다.

항마 전쟁을 다시 시작할 생각을 하니 머리가 지끈거린다.

머리를 부여잡고 괴로워하고 있는 나에게 스승님이 말을 걸어온다.

"괴롭겠지만 앞으로 나가야 한다. 지금 이곳은 마코크의 기운이 가득하다. 이 기운을 흡수하거라."

누구보다 고리의 기운을 강화시키고 싶어 하는 사람이 스승님이다.

하지만 스승님은 이곳에 있는 기운을 흡수하지 않았다.

마코크의 힘을 정식으로 흡수하기 위해서는 온전한 마기의 정수가 필요했지만 공기 중에 깔려 있는 마기의 양도 적지 않았다.

이 기운을 모두 흡수할 수만 있다면 한 단계 더 앞으로 나아갈 수 있을지도 모른다.

하지만 내가 강해진다고 해서 항마 전쟁을 승리할 수 있을까?

무의미한 일을 하고 있는 것은 아닐까?

머뭇거리는 나를 보며 스승님이 소리쳤다.

"못난 생각을 하지 마라! 항마 전쟁의 중심에 있어야 할 사람이 이렇게 못난 모습을 보이면 어떻게 전쟁을 승리할 수 있단 말이냐. 나는 제자를 그렇게 나약하게 키우지 않았다."

굳은 표정으로 말하는 스승님의 얼굴에는 걱정이 가득 묻어 있었다.

그래, 강해지자. 앞으로 어떻게 될지는 모르겠지만 내가 잘못된 선택을 해서 벌어진 일이니 내 손으로 정리한다.

나는 자세를 바로하고 주문을 외우며 악마의 탑에 깔려 있는 마코크의 기운을 받아들였다.

악마의 탑은 인간계에 비해 강한 마기를 가지고 있었기에 고리의 기운을 강화시키는 수련을 하기에 적합했다.

그리고 여기는 마코크의 마기로 인해 마기의 농도가 매우 짙었다.

온몸의 구멍을 통해 들어오는 강대한 마기를 차곡차곡 고리에 쌓아 갔다.

보라색의 고리는 며칠은 굶주린 돼지처럼 탐욕스럽다.

사방에서 들어오는 마기를 닥치는 대로 집어삼킨다. 한참 동안 기운을 흡수한 고리였지만 여전히 빈 공간이 있는지 더 많은 기운을 원하고 있다.

나는 고리의 노예가 되어 기운을 흡수하는 데 모든 정신을 쏟았다.

얼마나 시간이 지났을까?

정신을 차리고 눈을 떴다.

시간이 얼마나 흘렀는지는 모른다.

"형님, 끝나셨습니까? 걱정했습니다."

브로안이 가장 먼저 다가왔다.

"얼마나 시간이 지났지?"

"오늘이 딱 6일째입니다."

6일이나 지났단 말인가. 오랜 시간 기운을 흡수한 것은 느끼고 있었지만 6일이나 흘렀을 거라고는 생각하지 않았다.

"고리를 강화시켰느냐?"

어느새 다가온 스승님이 고리에 대해 물어온다.

고리가 다음 단계로 진화했나?

나는 살며시 고리의 잠금장치를 풀었다. 엄청난 기운이 흘러나온다.

이전보다 몇 배는 많은 마기가 느껴진다.

고리가 담을 수 있는 한계치까지 마기가 담겨 있는 것 같다.

하지만 고리가 진화하지는 않았다.

여전히 보라색이다.

"여전히 보라색의 고리입니다. 하지만 조금만 더 수련하면 다음 단계로 넘어갈 수 있을 것 같습니다."

확신할 수는 없었지만 왠지 그렇게 느껴진다.

"아쉽지만 그래도 기운이 강해졌으니 나쁘지는 않구나. 그럼 이만 돌아가자꾸나."

돌아가야 한다.

6일 동안 우리는 악마의 탑에 있었다. 벌써 악마가 쏟아져 나오지는 않았겠지?

아마 그러지는 않았을 것이다. 몬스터와 악마들이 인간계로 나오면 악마의 탑 대부분의 기운이 붕괴된다.

10층을 제외한 모든 기운을 사용해야만 몬스터와 악마들이 인간계로 나올 수 있다.

하지만 여전히 악마의 탑은 건재하다.

그렇다면 아직 전쟁은 시작되지 않은 것이다.

시간이 얼마 남지 않았다.

빨리 전쟁을 준비해야 한다.

정말 마지막 전쟁이다. 이번 전쟁만 승리하면 모든 것이 끝난다.

우리가 끝이 나든, 악마가 끝이 나든 승자는 결정된다.

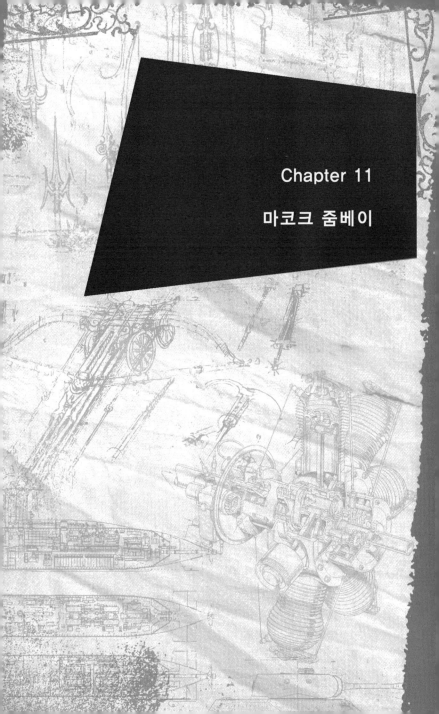

Chapter 11

마코크 줌베이

몸을 회복하고 악마의 탑에서 나왔다.

우리를 기다리고 있었던 전하와 여러 귀족들.

그들은 우리를 걱정스럽게 보고 있다.

저들은 우리를 걱정하고 있다. 혹시나 악마의 탑에서 살아 돌아오지 않을까 봐 전전긍긍하는 모습이 그려진다. 하지만 나는 저들이 듣고 싶지 않은 말을 해야 한다.

잘못된 선택을 내린 사람은 나다. 그 선택이 이제 모든 국가의 사람들이 고통을 받게 한다.

"죄송합니다, 전하."

"뭐가 미안하단 말인가? 이렇게 살아 돌아와서 고맙네."

아다드 왕은 카인트 공작과 아드몬드를 잃은 후 나와 브로안을 더욱 신임했다.

남부 귀족들을 여전히 믿지 못하는 아다드 왕이었기에 나에게만 약한 모습을 보였다.

나를 신임하는 아다드 왕의 모습이 이렇게 부담스럽기는 처음이다.

"조만간 악마의 탑에서 몬스터와 악마들이 쏟아져 나옵니다. 이전의 항마 전쟁과는 비교도 되지 않는 피의 전쟁이 곧 시작됩니다."

아다드 왕은 아무런 말도 하지 않고 나를 보고 있다.

어떤 독한 말을 할까? 나를 욕하고 때린다고 해도 나는 반항할 수 없다.

교수형에 처해진다고 하더라도 나는 변명을 할 수가 없다.

"괜찮네. 언젠가는 다시 항마 전쟁이 일어날 것이라고 예상하지 않았는가. 항마 전쟁을 대비해 우리 왕국은 많은 준비를 하지 않았는가. 어서 일어나게나. 항마 전쟁에서 내가 할 수 있는 것은 없네. 하지만 자네는 다르지 않은가. 지금 국민들에게 필요한 사람은 내가 아니라 자네라네. 부디 우리 왕국을 구해주게나."

아다드 왕의 말에 더욱 가슴이 미어져 왔다.

"죄송합니다. 죗값은 항마 전쟁이 끝난 후 치르도록 하겠습니다."

전하의 말처럼 지금은 이렇게 시간을 보내서는 안 된다.

아직 악마의 탑에서 징조가 보이지 않고 있는 지금 조금이라도 더 준비를 해야 한다.

기사들과 병사들의 무장 상태를 업그레이드시켜야 했고, 더 많은 원거리 무기를 제작해야 한다. 그리고 다른 왕국에게도 이 사실을 알려야 한다.

"모든 국가에게 긴급 연락을 해야 합니다. 통신 아이템의 이용을 허락해 주시기 바랍니다."

홉블린의 더듬이로 만든 통신 아이템은 굳이 전하의 허락이 없어도 내가 사용을 할 수 있었지만 그래도 전하의 허락을 받고 싶었다.

최종 결정권자는 내가 아니라 전하라는 사실을 다른 귀족들에게 보여주고 싶었다.

"허락하네. 어서 다른 국가에 연락을 하게나."

무릎을 펴고 자리에서 일어났다. 통신 아이템이 보관되어 있는 궁정 회의실로 이동해 동맹국들에게 먼저 연락을 했다.

그들의 반응은 타나스 왕국, 그리고 신성제국과 전쟁을 치를 때보다 더욱 침울했다.

─우리는 자체적으로 항마 전쟁을 할 전력이 부족합니다.

방어를 위한 무기의 지원을 요청합니다.

동맹국들은 잦은 전쟁으로 인해 군사력이 약해졌다.

그들은 우리가 무기를 지원해 주지 않는다면 하루아침에 몬스터의 손아귀에 함락당한다.

"알겠습니다. 최대한 빠르게 지원을 보내도록 하겠습니다."

동맹국은 물론이고 다른 국가들에게도 전부 연락을 했고, 그들이 원하는 만큼의 무기를 지원해 주기로 약속을 했다.

우리가 보유해야 하는 무기만을 남기고 전부 다른 국가들에게 보낼 생각이다.

이번 전쟁은 우리 혼자서는 무리다. 최대한 다른 국가에서 몬스터의 수를 줄여줘야만 승리할 가능성이 있다.

다른 국가들을 이용해 시간을 번다고 생각해도 좋다.

아니, 그것이 사실이다. 하지만 승리를 위해서는 어떤 추악한 행동도 지금은 해야만 했다.

아이템 공장과 공방은 이제 24시간 체제로 돌아갔다.

다행히 장인들과 직원들은 불만을 표출하지 않고 무리한 요구를 따라주었다.

하지만 아이템을 만들어내는 시간은 부족했다.

아이템의 경우 문양을 새기기만 하면 내가 어떻게든 강화시킬 수 있다.

우리 왕국의 병사들만 신경 쓴다면 지금의 인원만으로도

어떻게든 만들어낼 수 있지만 다른 국가들의 병력들까지 강화된 무기를 지원해 주기 위해서는 부족하다.

이제는 손재주에 약간이라도 능력이 있는 사람을 모두 공장에 투입했다.

집에서 바느질을 하던 아낙네도, 나무를 조각하던 조각가도 전부 공장에 투입되어 아이템에 문양을 새겼다.

그리고 그렇게 문양을 새긴 아이템들을 내가 직접 활성화시켰고, 상단을 통해 다른 국가로 이동했다.

초반에는 자신의 이득을 위해 무기를 빼돌리는 상인도 있었다.

그들에게는 죽음이라는 대가를 치르게 했고, 이제는 그런 일이 일어나지 않았다.

전쟁이다. 그것도 인류의 생존을 위한 전쟁.

지금은 이득을 챙기려고 하는 사람은 일벌백계를 해야 한다.

잔인하다고 해도 어쩔 수 없다.

그리고 우리가 잔인하게 행동한다고 해서 눈살을 찌푸리는 사람도 없다.

항마 전쟁이라는 이름이 이토록 두렵고 무섭다.

그렇게 우리는 차근차근 전쟁 준비를 했고, 악마의 탑을 실시간으로 감시하며 때를 기다렸다.

마코크 줌베이.

최진기에게 마기의 정수를 빼앗긴 악마가 악마의 탑 10층의 주인에게 찾아갔다.

악마의 탑 10층의 주인은 마코크와 같은 흡수 계통 능력을 가진 악마다.

마코크는 10층으로 이동하며 흡수 계통의 악마가 있기를 기도했고, 그의 기도대로 흡수 계통의 능력을 가진 악마가 있는 악마의 탑 10층으로 들어왔다.

다른 능력을 가진 악마도 10층을 지켰기에 그렇게 높은 확률은 아니었다.

하지만 마코크의 얼굴은 밝지 않다.

"젠장, 하필 마아드라니."

마아드는 마왕군 1군단장 직을 맡고 있는 최상위층 악마다.

마코크와의 서열 차이도 얼마 나지 않았고, 그들의 서열은 엎치락뒤치락했었다.

이제 마아드의 서열은 두 계단 이상 오르겠군.

마기의 정수 절반을 잃어버렸다고는 하지만 아직 남은 기운은 적지 않다.

지금의 마기를 마아드가 흡수한다면 큰 힘의 상승이 가능하다.

마아드는 자신의 영역에 침범한 악마의 기운을 느끼며 빠르게 마코크를 향해 이동했다.

"이게 누군가? 마왕 친위대 수장을 맡고 있는 마코크가 아닌가? 항상 품위를 생명처럼 생각하던 이가 오늘은 허름한 모습이군. 무슨 일이 있었는가? 자네를 이렇게 만들 수 있는 존재가 있을 거라고는 생각하지 않았는데."

마아드는 자신을 걱정하는 말을 하고 있다.

하지만 그의 눈 속에서는 탐욕이 잔뜩 흘러나오고 있다.

맛있는 먹잇감이 아가리로 들어왔으니 당연하겠지.

"인간들에게 당했다."

"인간에게 당했다고? 자네가? 나보다 조금 떨어지지만 그래도 마계에서 손꼽히는 자네가 인간에게 당했다는 말을 나보고 믿으라는 건가?"

"믿을 수밖에 없을 것이다. 그들 중 2명은 우리와 같은 흡수 계통의 마기를 가지고 있다. 내 마기의 정수 절반을 그들에게 빼앗겼다."

마아드는 마코크를 보며 비웃음 섞인 미소를 짓고 있었지만 마코크의 말이 끝나는 순간 얼굴이 굳어버렸다.

"정말인가? 인간이 어떻게 우리와 같은 기운을 사용할 수 있다는 말인가?"

"그건 나도 모른다. 하지만 내가 직접 확인했다. 그들은 우리와 같은 능력을 가지고 있다."

"그러면 자네가 나를 찾아온 이유는 복수를 원해서인가?"

마코크의 입술이 부르르 떨렸다.

약한 모습을 절대 보이고 싶지 않던 상대에게 자신의 힘을 건네주며 복수를 부탁하고 싶지는 않았다. 하지만 다른 선택지는 없다.

"그렇다. 내가 가지고 있는 남은 기운을 모두 너에게 주겠다. 이 기운을 흡수하면 다른 흡수 계통 악마들을 조종할 수 있게 될 거다. 그들의 힘과 흡수 계통 기운을 가지고 있는 인간을 흡수하면 네가 새로운 마왕이 될 수 있다."

마코크가 무슨 말을 하는지 단번에 이해하는 마아드였다.

그는 자신이 마왕의 자리에 있는 상상을 자주 했었다.

힘의 균형이 깨지지 않고 있는 흡수 계통의 악마 중 하나만 흡수하면 다른 악마들은 쉽사리 흡수할 수 있다. 그렇게만 되면 새로운 마왕이 되는 것은 어렵지 않다.

모든 흡수 계통 악마들이 같은 생각을 하고 있다.

그리고 기회가 자신에게 찾아왔다.

"나를 선택한 것을 후회하지 않게 해주겠네. 나는 새로운 마왕이 될 것이고, 자네의 기운은 내 몸속에서 나와 같이 마왕의 권위를 공유할 것이네."

마코크는 마지막을 직감했다.

그는 자신의 가슴에 남아 있는 마기의 정수를 뽑아내어 마아드에게 주었다.

마아드는 두 손으로 공손히 부러진 마기의 정수를 받아 감상했다.

드디어 마기의 정수를 흡수할 수 있게 되는구나. 이런 기회를 준 마코크 너에게 감사한다.

마기의 정수를 잃은 마코크는 데빌 실에 갇힌 장난감이 되어 버렸고, 마아드는 마코크의 데빌 실을 한 곳에 고이 두고는 마코크의 마기의 정수를 흡수했다.

엄청난 마기가 몸으로 들어온다.

자신이 가지고 있는 마기에 비하면 적은 양이었지만 높은 곳으로 오르기 위한 사다리로 삼기에는 충분한 양이다.

마코크의 마기를 전부 자신의 것으로 만들기 위해서는 며칠이 필요하다.

그리고 다른 흡수 계통 능력을 가지고 있는 악마들을 회유할 시간도 필요하다.

악마의 탑을 개방하기 위해서는 마왕 지지파 파벌과의 전투가 불가피하다.

그들은 마왕의 골수 종자들로 악마의 탑을 통해 마왕을 부활시키고자 하는 이유로 살아가는 이들이다.

그들이 가지고 있는 힘은 강하다. 하지만 중립을 지키던 흡수 계통 악마들이 반대편의 손을 들어주는 순간 힘의 균형은 깨진다.

단시간에 마왕 지지파를 소멸시킬 수는 없겠지만 결국 악마의 탑은 악마 강림 파벌의 손에 넘어가게 된다.

"어서 움직여야겠군. 흡수 계통의 악마들의 힘을 모아야겠어. 인간이 흡수 계통 마기를 가지고 있다는 말만 해줘도 그들은 내 편으로 넘어올 수밖에 없지."

악마 중에서도 가장 탐욕스러운 존재들이 흡수 계통 악마들이다.

그들이 가지고 있는 힘은 악마의 탑을 점령하기 위해서 필수적이었지만 양날의 검이 될지도 모른다.

자칫 실수하면 자신의 기운을 노리는 흡수 계통 악마에게 빼앗길지도 모른다.

하지만 그럴 가능성보다 자신이 다른 악마의 마기를 흡수할 가능성이 더욱 높다.

마코크의 기운을 흡수하지 못했다면 절대 세우지 못했을 계획이었지만 지금은 가능하다.

그렇게 마아드는 마왕이 되기 위한 계단을 밟아가기 시작했다.

      *   *   *

악마의 탑에서 나온 지 두 달이 흘렀다.

두 달 동안 아무런 징조도 나타나지 않았고, 다른 국가들에게서 많은 연락을 받았다.

정말 항마 전쟁이 시작된 거냐고? 잘못 안 게 아니냐고?

하지만 오늘 그들은 항마 전쟁이 시작되었다는 것을 알게 되었다.

악마의 탑에서 몬스터가 쏟아져 나오고 있다.

실시간으로 감시하고 있던 악마의 탑이 오늘 새벽 흔들리기 시작했다.

그 어떤 충격에도 흔들리지 않았던 데빌 도어다.

하지만 오늘 새벽 데빌 도어는 바람에 휘날리는 갈대처럼 좌우로 흔들렸고, 그 중앙에서 붉은 게이트가 생겼다.

게이트에서 가장 먼저 모습을 보인 몬스터는 악마의 탑 1층에 서식하는 몬스터였다.

1층의 몬스터는 어떤 국가라고 할지라도 쉽게 상대할 수 있다.

특수 능력을 가지고 있는 아이템을 대거 보유하고 있기도 했으며, 우리가 지원해 준 원거리 무기까지 있으니 1층의 몬스터들은 전혀 문제가 되지 않는다.

내 예상으로는 오늘 밤이 되면 악마의 탑 2층에서 서식하는 몬스터들이 데빌 도어를 통해 빠져나올 것이다.

2층도 크게 문제 되지 않는다. 3층, 4층도 어떻게든 가능하다.

문제는 5층부터다. 5층의 몬스터들은 기사로도 상대하기 어렵다.

많은 기사들의 희생과 병사들의 죽음으로 상대를 해야만 한다.

그래, 5층까지도 많은 희생을 감수하면 막을 수 있다.

하지만 6층은 몬스터뿐만 아니라 마족들이 서식하고 있다.

몬스터와 함께 나오는 마족을 막을 수 있는 국가가 얼마나 될까?

그리고 7층에서 악마까지 나오게 되면?

세계 절반이 악마에게 점령되고 말겠지.

하지만 우리는 승리할 자신이 있다.

다른 국가들이 벌어준 시간을 이용해 우리 왕국에 강림한 악마들을 사냥하고 다른 국가들을 도와야 한다.

우리마저 악마들에게 점령을 당하면 항마 전쟁은 그 순간 끝난다.

이런 생각을 하는 것도 사치겠지.

지금은 현재에 집중을 해야 한다.

전국에 있는 모든 데빌 도어에 병사들을 고루 분포시키고 싶었지만 집중이 필요했다.

우리는 남부의 일부와 북부의 일부를 포기했다.

수도와 가까운 데빌 도어에만 병력을 배치했다.

우리는 이런 방식을 써도 그렇게 피해가 가지 않는다.

워낙 땅이 좁기에.

영토가 좁은 게 이런 이점이 있을 줄이야.

영토가 넓은 국가일수록 더욱 힘든 전투가 될 것이다.

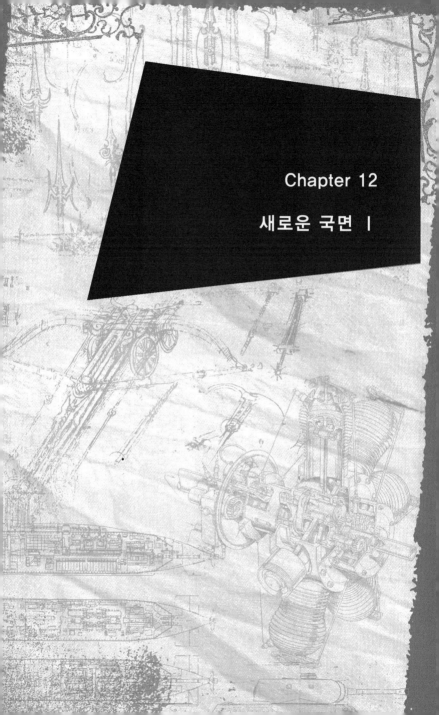

Chapter 12

새로운 국면 Ⅰ

힘겨운 나날이 시작되었다.

하루에도 수만 마리의 몬스터들이 쏟아져 나왔다.

처음은 어렵지 않았다. 주로 악마의 탑 저층에 서식하는 몬스터가 악마의 탑에서 나왔기에 큰 무리 없이 막았다. 하지만 하루가 지나고 다시 몇 주가 지나자 본격적으로 악마의 탑에서 강한 몬스터들이 쏟아져 나왔다.

이렇게 많은 몬스터들이 악마의 탑에서 살고 있었던가?

"자작님, 악마의 탑에서 몬스터들이 쏟아져 나오고 있습니다."

부기사단장이 원거리 무기 사용을 권하고 있다.

악마의 탑은 랜덤으로 개방되긴 했지만 보통 해가 지면 본격적으로 몬스터가 쏟아져 나온다. 지금도 해가 지고 어둠이 찾아오자 데빌 도어 주위가 일렁거리고 있다.

데빌 도어 주변에 빛을 내는 아이템을 미리 깔아 두었기에 시야를 확보하는 데는 크게 문제가 되지 않았다.

"무기를 발포하라."

원거리 무기를 사용하는 부대는 일사불란하게 투석기에 장전된 아크타르를 발사했다.

펑! 펑!

더욱 밝은 빛이 데빌 도어 주변에 자리 잡았다.

몬스터의 피와 살점이 하늘을 수놓았고, 굉음과 진동이 땅을 시끄럽게 한다.

"지금 나오고 있는 몬스터들은 5층의 몬스터들인 것 같군. 원거리 무기를 견디고 나오는 몬스터가 있을 거다. 다들 전투 준비를 해라."

우리는 데빌 도어를 없애기 위해 모든 수단과 방법을 찾았다.

하지만 데빌 도어는 우리가 생각한 모든 방법을 견뎌냈고, 끝없이 몬스터를 쏟아내었다.

왕궁 근처에도 데빌 도어가 있었기에 왕실 사람들은 데빌 도어가 없는 지역으로 피난을 갔다. 아다드 왕은 몸을 피하라는 많은 대신들의 요구에도 불구하고 내 옆에서 전투의 상황을 파악했다.

수도에만 몬스터 도어가 5개가 넘게 존재한다.

나는 수도를 관리하면서도 수도를 벗어난 지역도 커버를 해야 했기에 불가피하게 부대를 나눠 운용했다.

브라운과 스승님이 지휘관이 되어 수도 외곽에 위치한 데빌 도어를 막았다.

그들이라면 충분히 몬스터와의 근접전에서도 이길 수 있는 능력이 있다. 하지만 다른 부대는 그렇지 못했다.

항마 전쟁 경험이 있는 수석 기사들을 부대의 지휘관으로 승진시켜 여러 도시로 파견을 보냈다. 원거리 무기와 많은 양의 아크타르를 가지고 갔기에 아직은 피해 없이 전투를 하고 있긴 했지만 언제까지 지금의 상황이 유지될지는 모른다.

"발포를 중지해라."

30분 동안 계속된 굉음이 멈추었다.

아직은 많은 양의 아크타르를 보유하고 있었지만 모든 부대에서 투석기와 아크타르에 의존해 전쟁을 치르고 있었기에 최대한 아크타르를 아껴야 했다.

투석기에 일반 바위를 사용하는 것과 아크타르를 사용하는 것은 천지 차이다.

아크타르 하나면 수십 마리의 몬스터를 먼지로 만들 수 있다.

하얀 먼지가 가라앉고 서서히 데빌 도어의 모습이 보였다.

살아 있는 몬스터는 극소수.

데빌 도어의 중앙에 있는 붉은색의 차원 문이 서서히 닫히고 있다.

이번 전투는 여기까지군.

"전군, 진격해라! 살아 움직이는 몬스터들을 도륙해라!"

기사들과 병사들이 무기를 들고 데빌 도어를 향해 뛰쳐나갔다.

포화에 큰 부상을 입은 몬스터들을 상대하기에 부족함이 없는 무장 상태다.

한 마리의 몬스터에 수십 개의 무기 자국이 생긴다.

제대로 반항도 하지 못하고 목숨을 잃는 몬스터들이었지만 동정심은 전혀 생기지 않는다.

지금은 우리가 유리한 상황이지만 악마들이 악마의 탑에서 나오는 순간 상황은 역전된다.

전투를 마치고 지휘관 막사로 돌아왔다.

병사들에게는 재정비를 명령했기에 늦은 밤임에도 불구하고 잠을 자는 병사는 없다.

낮과 밤이 바뀌었지.

해가 떠 있는 낮에는 상대적으로 몬스터가 나오는 빈도수가 적었기에 대부분의 병사는 낮에 잠을 자야 했다.

막사로 돌아와 물 한 잔 마실 틈도 없이 나는 몸을 떨어대는 롱구스를 집어 들어야 했다.

─카르닌 왕국의 쥬만드 백작입니다. 현재까지는 큰 피해 없이 전투를 막아내고는 있지만 수도 외곽에 있는 데빌 도어에서 나온 몬스터들이 집결을 하고 있습니다. 그들이 뭉쳐 수도로 진격해 오면 지금의 무장 상태로는 막을 수가 없습니다. 원거리 무기와 아크타르를 추가 보급해 주시기 바랍니다.

"최대한 버텨 주세요. 아크타르를 추가 제작하는 대로 보내 드리도록 하겠습니다."

카르닌 왕국의 쥬만드 백작을 시작으로 여러 국가들이 연락을 해왔다.

주로 원거리 무기와 아크타르를 보내 달라는 요구였다.

돈도 지불하지 않고 무상으로 원거리 무기와 아크타르를 지원해 달라는 그들이지만 그들이 파렴치하다고는 생각되지 않았다.

항마 전쟁에서 승리하기 위해서는 다른 국가들이 최대한 버텨 줘야 한다.

그리고 우리가 항마 전쟁을 앞당겼기에 그들에게 미안한 감정도 가지고 있었다.

한참이나 들고 있던 롱구스를 내려놓고 전쟁에 대해 고민했다.

사방팔방에 위치한 데빌 도어에서 나오는 몬스터들을 어떻게 하면 줄일 수 있을까?

데빌 도어의 수만 줄인다면 전쟁은 편해진다.

집중을 할 수 있고 없고의 차이는 생각보다 크다.

수도에 있는 데빌 도어만 없앨 수 있다면 우리는 수도의 성벽을 이용해 몬스터와 전쟁을 치를 수 있다.

수도 안에서 나오는 몬스터들과 수도 외곽에서 나오는 몬스터들이 합동 공격을 하면 막아낼 도리가 없다.

이런 상황에서 답을 줄 수 있는 존재는 하나뿐이다.

마아드 크레닌.

자신의 입으로 마계에서 가장 뛰어난 현자라고 하는 그라면 방법을 알 수도 있지 않을까?

하지만 악마의 탑이 개방된 후 데빌 도어를 통해 악마의 탑에 들어간 적은 없다.

악마의 탑으로 간다고 해도 그를 만날 수 있을지는 미지수다.

하지만 충분히 해볼 만한 도박이다.

나는 급히 부기사단장과 수석 기사 2명을 불렀다.

"데빌 도어로 들어간다. 다들 무장을 하고 데빌 도어로 모여라."

지옥이나 다름없는 악마의 탑으로 들어간다고 했지만 불만을 표하지 않는 기사들이었고, 그들의 준비가 끝나자 바로 악마의 탑으로 들어갔다.

아이템이 있었기에 악마의 탑 6층으로 바로 이동할 수 있었다. 몬스터의 모습은 보이지 않는다.

"오호, 여기까지 왔는가. 위험한 상황인데 무리를 했구나."

익숙한 목소리가 들려온다. 크레닌이 악마만 아니었다면 뛰어가 포옹을 했을지도 모를 정도로 그의 목소리가 반가웠다.

"잘 지내셨습니까."

"나야 문제가 있겠는가. 다른 곳이 문제지."

"다른 곳이라고 하면, 인간계를 말하는 겁니까?"

"인간계도 문제겠지만 악마의 탑도 상당히 시끄럽네. 흡수 계통 악마들이 다른 파벌에 속해 있는 악마들과 전쟁을 벌이고 있다네. 주도권이 흡수 계통 악마들에게 넘어갔기에 악마의 탑이 개방되긴 했지만 아직 잔당을 완전히 처리하지 못해 악마들이 악마의 탑에서 벗어나지 못하고 있네. 하지만 얼마 지나지 않아 잔당을 처리하고 본격적으로 인간계로 발길을 옮길 것일세."

데빌 도어에서 몬스터들만 나오는 이유를 들었다.

상위 존재의 악마들이라고는 하지만 흡수 계통의 악마를 막는 것은 역부족일 것이다.

하지만 그때까지 시간은 있다. 나는 여기에 온 이유를 바로 꺼내 들었다.

"크레닌 님, 데빌 도어를 파괴하는 방법은 없습니까?"

"인간계에 많은 수의 데빌 도어가 있으니 막아내기가 쉽지 않아서 하는 질문이겠군. 물론 방법은 있네. 내가 누구인가, 마계에서 나보다 더 뛰어난 지능을 가지고 있는 악마는 없네. 마계의 현자라고 불리는 내가 아니면 누가 알겠나."

내 손이 오그라들 정도로 자화자찬을 하는 크레닌이었지만 맞장구를 쳐주었다.

"그렇습니다. 크레닌 님이 아니면 누가 그런 지식을 가지고 있겠습니까. 방법을 알려주십시오."

"방법은 크게 어렵지 않네. 특히 자네라면 말일세. 악마의 탑을 이루고 있는 것은 결국 마기일세. 악마의 탑을 만들기 위해 많은 악마들이 자신이 보유하고 있는 마기를 쏟아내었 네. 양의 차이는 있지만 모든 악마들이 마기를 내놓았네. 그 때까지만 해도 파벌은 존재하지 않았으니 말일세. 마기로 만 들어진 악마의 탑이고, 데빌 도어 또한 마기로 만들어졌네. 데 빌 도어를 파괴하기 위해서는 악마의 탑 10층과의 연결을 끊 으면 된다네. 악마의 탑은 여러 개가 존재하지만 악마의 탑 10층은 하나뿐일세. 모든 악마의 탑이 존재하게 하는 힘이 악 마의 탑 10층에 있는 것이지."

데빌 도어를 없앨 수 있다. 그리고 내가 가지고 있는 능력으로 충분히 가능하다면 항마 전쟁에서 승리할 수 있는 가능성이 높아진다.

크레닌도 악마다. 하지만 그가 왜 이런 말을 해주는지는 모른다.

좋은 게 좋은 것이니 굳이 그 질문은 하지 않고 넘어갔다.

"악마의 탑 10층과 연결을 끊는 방법은 데빌 도어의 중심을 자네로 돌리는 것이네. 데빌 도어는 기생충과 비슷하지. 자신에게 마기를 공급해 주는 숙주를 주인으로 여긴다네. 자네가 가지고 있는 마기를 데빌 도어에 공급해 주면 데빌 도어는 악마의 탑 10층과의 고리를 끊고 자네를 주인으로 인식하게 된다네. 그렇게 된 후 데빌 도어에 공급해 주는 마기를 서서히 끊어버리면 데빌 도어는 파괴된다네."

어떻게 데빌 도어에 마기를 공급해 주는지에 대한 설명은 아직 듣지 않았지만 그렇게 어렵지 않게 느껴졌다.

"데빌 도어의 주인이 되는 방법에 대해서 자세히 설명해 주십시오."

"데빌 도어의 주인이 되기 위해서는 일단 강한 마기가 필요하네. 10층에 서식하는 악마와 동등한 힘을 가지고 있는 자네만이 가능한 방법이지. 데빌 도어를 여는 방법에 대해서는 알고 있지 않은가."

"그렇습니다. 4명의 사람이 자리에 앉으면 데빌 도어가 작동하지 않습니까."

"그렇지. 인원이 채워지면 악마의 탑으로 이동하는 차원의 문을 데빌 도어가 만들지. 그 순간 데빌 도어에 강한 마기를 주입하면 데빌 도어는 악마의 탑 10층과 자네에게 들어오는 마기 중 강한 마기를 주인으로 인식한다네. 데빌 도어가 자네의 기운을 받아들이면 자네가 데빌 도어의 주인이 되는 것이지. 그 후 천천히 마기를 끊게나. 한 번에 마기를 끊어버리면 다시 악마의 탑 10층에 연결되어 버릴지도 모르니 매우 천천히 마기의 공급을 중단해야 되네."

어렵지 않은 방법이다. 왜 진작 크레닌을 찾아오지 않았는지 아쉽기까지 했다.

"감사합니다. 그러면 이만 가보도록 하겠습니다."

"자네 볼일만 끝나고 가는 건가? 아직 못다 한 대화가 남았네."

"다른 대화라면? 아! 제 피를 연구한 결과물이 또 나왔습니까?"

"그렇다네. 자네와 늙은 인간의 피를 연구한 결과가 나왔다네. 일전에 자네의 피가 마계에 사는 존재들과 비슷하다고 했지 않은가. 특히 흡수 계통의 악마와 매우 흡사한 기운이기도 하지. 하지만 다른 점을 찾아냈다네. 흡수 계통의 악마들은 다른 흡수 계통의 기운을 흡수하는 것만 가능하다네. 하지만 자네의 기운은 다른 악마의 권능까지 흡수할 수 있다네."

"다른 악마의 권능을 흡수할 수 있다고 하셨습니까? 하지만 흡수 계통의 존재끼리만 기운을 흡수할 수 있는 것이 아니었습니까?"

"그러니 자네가 특별하다고 하는 게 아니겠나. 일반적인 흡수 계통의 악마와는 달리 자네는 다른 악마의 권능을 흡수할 수 있네. 물론 내 추측에 불과하긴 하지만 마기를 잃은 악마의 권능을 흡수할 수 있을 걸세."

"마기를 잃은 악마가 어디에 있습니까."

크레닌은 내 질문에 머리를 두드렸다.

"머리를 좀 써보게나. 아무리 인간이 악마에 비해 저능한 종족이라고는 하지만 자네는 내가 인정하는 몇 안 되는 인간이지 않은가."

마기를 잃은 악마. 그런 악마가 있었던가?

아! 생각이 났다. 마기를 잃었지만 권능은 유지하고 있는 악마.

"데빌 실을 말하시는 겁니까?"

"그렇네. 조금만 머리를 쓰면 쉽게 생각하는 것을 꼭 알려줘야겠는가. 데빌 실에 봉인된 악마의 권능이라면 자네가 흡수할 수 있다네. 하지만 늙은 인간은 불가능하네. 자네의 기운이 더 강해서 그런지, 아니면 자네가 특별해서인지는 모르겠네만, 늙은 인간은 흡수 계통의 악마와 마찬가지로 같은 계통의 기운을 가지고 있는 존재의 힘만을 흡수할 수 있네."

"하지만 마기를 잃은 악마의 권능을 흡수한다고 해서 제가 더 강해지겠습니까?"

물론 악마의 권능은 인간이 가지지 못한 능력이다.

하지만 힘은 집중이 필요하다. 기사들이 여러 가지를 배우지 않고 한 가지 무기를 집중해서 수련하는 것처럼 잡다한 능력은 오히려 발전에 악영향을 준다.

"물론 그렇게 생각할 수도 있겠지. 하지만 자네가 다른 악마의 권능을 흡수한다고 해서 그들의 능력을 사용할 수 있는 것이 아닐세. 데빌 실에 봉인된 악마의 권능은 자네 고유의 기운을 강해지게 하기만 할 뿐이네. 흡수 계통의 능력을 가지고 있는 존재의 기운을 흡수하는 것보다야 못하겠지만 그래도 자네를 충분히 강하게 해줄 수 있을 걸세."

대화를 마친 후 나는 다시 내 피를 유리병에 담아 크레닌에게 주고는 데빌 도어를 빠져나왔다.

『스킬스』 6권에 계속…

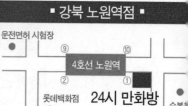
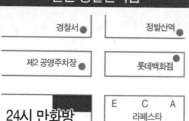
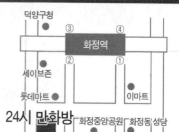
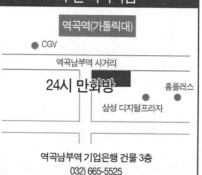
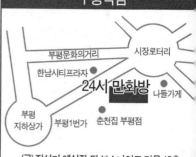

이경영 판타지 장편소설

FANTASY FRONTIER SPIRIT

그라니트

용들의 땅

GRANITE

사고로 위장된 사건에 의해 동료를 모두 잃고 서로를 만나게 된 '치프'와 '데스디아'.
사건의 이면에 상식을 벗어난 음모가 있음을 알게 된 둘은
동료들의 죽음을 가슴에 새긴 채 각자의 고향으로 돌아간다.
2년 후, 뜻하지 않게 다시 만난 두 사람은 동료들의 복수를 위해
개척용역회사 '그라니트 용역'을 설립해 다시금 그 땅을 찾게 되는데……

용들이 지배하는 땅 그라니트!
그곳에서 펼쳐지는 고대로부터 이어지는 운명적 만남,
깊어지는 오해, 그리고 채워지는 상처.

『가즈 나이트』시리즈 이경영 작가의 미래형 판타지 신작!

Book Publishing CHUNGEORAM

유행이 아닌 자유추구 -
WWW.chungeoram.com